Robinson Crusoé

Título original – Robinson Crusoe

ISBN 978-85-8186-392-4

Direção Editorial *Ethel Santaella*

REALIZACÃO

GrandeUrsa Comunicação

Direção *Denise Gianoglio*
Tradução e adaptação *Monteiro Lobato*
Atualização *Valéria Thomé*
Projeto Gráfico e Diagramação *Idée Arte e Comunicação*
Ilustrações: *Arte de Lorena Zúñiga sobre litografias coloridas à mão/Aleiter & Zeitinger*

Dados Internacionais de Catalogação na Publicação (CIP)
(Câmara Brasileira do Livro, SP, Brasil)

Defoe, Daniel, 1660-1731.
Robinson Crusoé / Daniel Defoe ; tradução e adaptação Monteiro Lobato. -- São Paulo : Lafonte, 2019.

Título original: Robinson Crusoe.
ISBN 978-85-8186-392-4

1. Literatura infantojuvenil I. Lobato, Monteiro. II. Título.

19-30278 CDD-028.5

Índices para catálogo sistemático:

1. Literatura infantojuvenil 028.5
2. Literatura juvenil 028.5

Iolanda Rodrigues Biode - Bibliotecária - CRB-8/10014

Editora Lafonte

Av. Profª Ida Kolb, 551, Casa Verde,
CEP 02518-000, São Paulo-SP, Brasil – Tel.: (+55) 11 3855-2100
Atendimento ao leitor (+55) 11 3855-2216 / 11 3855-2213 – atendimento@editoralafonte.com.br
Venda de livros avulsos (+55) 11 3855-2216 – vendas@editoralafonte.com.br
Venda de livros no atacado (+55) 11 3855-2275 – atacado@escala.com.br

DANIEL DEFOE

Robinson Crusoé

Aventuras de um náufrago perdido
numa ilha deserta, publicadas em 1719

Tradução e Adaptação de
MONTEIRO LOBATO

Brasil, 2019

Lafonte

Sumário

Robinson Crusoé

Meu nome é Robinson Crusoé. Nasci na velha cidade de Iorque, onde há um rio muito largo cheio de navios que entram e saem.

Quando criança, passava a maior parte do meu tempo a olhar aquele rio de águas tão quietas, caminhando sem pressa para o mar lá longe. Como gostava de ver os navios em movimento, com velas branquinhas enfunadas pelas brisas! Isso me fazia sonhar com terras estranhas donde eles vinham e as maravilhosas aventuras acontecidas em mar alto.

Eu queria ser marinheiro. Nenhuma vida me parecia melhor que a vida do marinheiro, sempre navegando, sempre vendo terras novas, sempre lidando com tempestades e monstros marinhos.

Meu pai não concordava com isso. Queria que eu tivesse um ofício qualquer, na cidade, ideia que eu não podia suportar. Trabalhar o dia inteiro em oficinas cheias de pó era coisa que não ia comigo.

Também não suportava a ideia de viver toda a vida naquela cidade de Iorque. O mundo me chamava. Eu queria ver o mundo.

Minha mãe ficou muito triste quando declarei que ou seria marinheiro ou não seria nada.

— A vida do marinheiro — disse ela — é uma vida bem dura. Há tantos perigos no mar, tanta tempestade que grande número de navios acabam naufragando.

Disse também que havia no mar terríveis peixes de dentes de serra, que me comeriam vivo se eu caísse n'água. Depois me deu um bolo e me beijou:

— É muito mais feliz quem fica na sua casa.

Mas não ouvi os seus conselhos. Estava resolvido a ser marinheiro e havia de ser.

— Já fiz dezoito anos — disse um dia a mim mesmo —, é tempo de começar. — E, fugindo de casa, engajei-me num navio.

Minha primeira viagem

Muito cedo me convenci de que minha mãe tinha toda a razão. Vida de marinheiro é vida pesada. Não sobra tempo para brincar, a bordo dum navio, ou pelo menos não sobrava a bordo do meu navio.

Mesmo quando o mar estava sereno e o dia lindo, serviços não faltavam, um atrás do outro.

Uma noite o vento começou a soprar com fúria cada vez maior. O navio era jogado em todas as direções, como se fosse casca de noz. Nunca supus que tempestade fosse assim.

Toda a noite o vendaval soprou e nos judiou. Fiquei tão amedrontado que não sabia o que fazer nem o que pensar. Era impossível que o navio não fosse ao fundo.

Lembrei-me, então, de casa e das palavras de minha mãe.

— Se escapo desta — disse comigo —, outra não me pilha. Chega de ser marinheiro. Só quero agora uma coisa — voltar para casa e nunca mais deixar a companhia dos meus pais.

A manhã rompeu e a tempestade ainda ficou pior que de noite. Convenci-me de que estava tudo perdido e resignei-me. De tarde, entretanto, o céu começou a clarear e o vento a diminuir. As ondas perderam a fúria.

O navio foi parando de pinotear. A tempestade chegara ao fim.

Na manhã seguinte o sol apareceu, o céu fez-se todo azul e o mar parecia um carneirinho, de tão manso. Que beleza foi essa manhã!

Eu estava de pé no convés, olhando o mar, quando ouvi passos atrás de mim. Era o imediato do navio, um homem que sempre se mostrava bondoso para comigo.

— Que é isso, Bob? Você parece que teve medo do ventinho da noite passada.

— Ventinho? — respondi. — Tempestade e das boas, isso sim.

O velho marujo riu-se.

— Você é muito novato, Bob. Não sabe ainda o que é uma tempestade. Mas saberá qualquer dia e então há de rir-se de si próprio de haver chamado tempestade ao ventinho de ontem.

O tempo continuou firme por vários dias e meu medo foi desaparecendo. Pouco a pouco fui pondo de lado o projeto de voltar para casa outra vez.

Essa minha primeira viagem não durou muito tempo. Não conheci novas terras, porque o navio só foi até Londres. Mesmo assim muito me maravilhei com as grandes coisas que há nessa enorme cidade.

Meu desejo de fazer longas viagens e conhecer o mundo inteiro tornou-se mais forte do que nunca.

Começo a ver o mundo

Foi fácil encontrar um navio como eu desejava, porque Londres é um porto donde partem navios para todos os confins da Terra. Um dia encontrei um velho capitão que costumava viajar para a costa da África. Conversamos e ele gostou da minha prosa.

— Se você deseja ver o mundo — disse o capitão —, poderá começar comigo. Meu navio vai para a África negociar com os negros. Levo um carregamento de miçanga e outras bugigangas para trocar com ouro em pó, marfim, plumas e outras coisas sem valor para os negros, mas de muito valor na Inglaterra.

Fiquei muito contente e aceitei o convite. Ia finalmente ver estranhas terras e estranhos povos.

Essa viagem seria uma verdadeira aventura, como as que eu vivia sonhando.

Dez dias depois estava em pleno oceano, a caminho das costas africanas. O capitão foi muito bom para mim. Ensinou-me inúmeras coisas que todo marinheiro deve saber. Mostrou-me como o piloto dirige o navio e como se faz uso da bússola.

A viagem foi muito feliz, e eu pude ver tanta coisa nova para mim que dava para encher um livro. Além disso, ganhei dinheiro. A minha parte nos lucros da viagem foi de seis libras de ouro em pó. Depois dessa fiz outras viagens, e tomaria muito tempo se fosse falar de todas. Algumas correram tão felizes como a primeira; outras, além de desagradáveis, não me trouxeram nenhum lucro.

Às vezes voltava à África, outras vezes ia às terras da América, bem pouco sabidas ainda. A experiência me ensinou que a vida de marinheiro era, como minha mãe dizia, cheia de duros trabalhos e perigos. Mas por esse tempo eu não pensava mais nos prazeres das viagens nem nas aventuras. Só pensava em lucros. Continuei marinheiro por negócio.

Por fim fiz a viagem que pôs ponto final na minha carreira. É o que vou contar agora.

Mais uma viagem

Eu já andava cansado de ser marinheiro, tão cansado que formei a ideia de mudar de profissão.

Nesse tempo estava no Brasil, onde tinha comprado umas terras para plantar cana-de-açúcar e fumo. O solo era fértil e eu poderia enriquecer como agricultor.

Mas faltava-me tudo nessa terra nova e deserta. Precisava de enxadas e não tinha. Precisava de moendas e não tinha. Precisava de trabalhadores e não tinha.

Mandei buscar em Londres o que era preciso e tentei comprar alguns escravos dos fazendeiros meus vizinhos. Não consegui. Os escravos dessa gente não chegavam para o muito serviço que havia.

— Podemos fazer outra coisa — disseram eles. — Podemos fretar um navio, aparelhá-lo com tudo o que for preciso, carregá-lo de açúcar e fumo e dá-lo a você para negociar.

— Mas e o meu lucro?

— Escute. Você leva o navio cheio, vende as mercadorias e com o dinheiro traz da África um carregamento de escravos. Metade para nós, metade para você. Desse modo fica com os escravos de que precisa e nos ajuda a aumentar o número dos nossos.

O plano me pareceu muito bom e calculei que, por esse processo, poderia obter para a minha fazenda um lote de trinta a quarenta escravos escolhidos.

Tendo escapado de tantos perigos no mar, e estando já dono de terras, seria loucura voltar à vida de marinheiro. Mas o lucro era tão grande que não pude resistir à tentação.

O navio foi logo fretado e preparado para a viagem.

O carregamento, embora não fosse grande, era bem escolhido. Só mercadorias fáceis de vender. Levava também caixas e caixas de miçangas, facas, machadinhas e outras "tentações" para os negros da África. Cada uma daquelas caixas havia de nos render muitos escravos.

O navio era tripulado por quatorze homens, além do capitão e de mim. E bom naviozinho — dos melhores que existiam por lá nesse tempo.

O naufrágio

Quando tudo ficou pronto para a longa viagem, embarquei no naviozinho. Fazia justamente oito anos que tinha deixado a casa de meus pais. Qualquer coisa me dizia que não fizesse tal viagem, mas eu me havia comprometido e não podia voltar atrás. O vento estava de feição, como dizem os marinheiros. As velas se enfunaram e o navio lá se foi.

Por muitos dias só tivemos bom tempo. O navio navegava firme, tudo parecendo indicar que a viagem seria das mais felizes. Mas não foi assim.

Uma violenta tempestade veio de sudoeste, e eu, que em oito anos de vida marítima tinha visto muitas, nunca vi tempestade mais furiosa. Nada pudemos fazer senão deixar o navio flutuar ao sabor dos ventos. Dias e dias fomos assim arrastados pelo mar afora, esperando a todo momento um fim terrível.

A tempestade crescia de violência. Nenhum de nós conservava esperança de salvar-se. Mas no décimo segundo dia o vento amainou e as vagas perderam a fúria. Nossas esperanças renasceram. No décimo terceiro dia, pela manhã, um marinheiro gritou:

— Terra!

Corri ao convés para ver, mas justamente nesse instante o navio bateu num banco de areia e ficou imóvel. Estava encalhado. Grandes ondas vinham quebrar-se no convés, e toda a tripulação teria sido varrida para o mar se não se houvesse escondido nas cabinas.

— Que havemos de fazer?, — gritou um marinheiro.

— Nada — respondeu o capitão. — Nossa viagem está no fim. Só nos resta esperar que as ondas despedacem o navio e nos engulam a todos.

— Há ainda uma esperança — gritou o imediato. — Sigam-me!

Corremos todos para o convés atrás dele e pudemos ver que um dos escaleres ainda estava no seu lugar. Num relance cortamos as cordas que o prendiam aos ganchos e o pusemos n'água, com todos os homens dentro.

Nenhum bote poderia flutuar por muito tempo num mar agitado como aquele, mas nós estávamos vendo terra perto e tínhamos esperança de chegar até lá. Era a única salvação possível.

Vagalhões furiosos nos foram levando em direção dumas pedras que pareciam ainda mais terríveis que as ondas. De repente uma vaga maior cobriu o bote. Ninguém teve tempo de gritar ou pensar. Fomos todos engolidos pelas águas.

Sou lançado à praia

Só me lembro, depois disso, de que quando abri os olhos me achava numa praia, com as ondas rolando sobre mim. Alguma vaga mais bondosa que as outras me carregara para ali.

Levantei-me a custo e, com água pelo pescoço, procurei encaminhar-me para terra. Nisto um vagalhão me cobriu. Fechei a boca o mais que pude e procurei nadar. O vagalhão perdeu a força, voltou para trás e me permitiu firmar o pé na areia outra vez.

Que felicidade sentir terra firme sob os pés! Lutei para não perder o equilíbrio e me esforcei com ânsia para me aproximar da terra. Outra vaga enorme veio, que por um triz não me arrastou para o oceano.

Nadei desesperadamente e, afinal, consegui agarrar-me a um rochedo. Não estive ali nem um minuto. Outra vaga

veio, que me arrebatou, mas desta vez para lançar-me à praia. Estava salvo da fúria do oceano!

Exausto da terrível luta contra os elementos revoltos, caí sobre uma touceira de grama, na orla da praia. Meus olhos se ergueram para o céu em agradecimento a Deus.

Depois de descansar um bocado, levantei-me e olhei em redor. Longe, encalhado no banco de areia, estava o navio, sempre batido pelas vagas. Fiquei admirado de me ver tão longe dele.

— Como foi possível que eu nadasse tanto? — disse comigo.

Em seguida pensei nos companheiros. Onde estariam eles? Caminhei ao longo da praia e não vi ninguém; apenas vestígios de gente — aqui um chapéu, ali dois sapatos desaparelhados.

Todos haviam morrido, afogados pelas ondas.

Minha primeira noite

Tinha passado de meio-dia. O sol brilhava no céu. A tempestade serenara. Comecei a olhar em redor para ver em que lugar me achava.

— Para onde ir? Que devo fazer? — perguntei a mim mesmo.

Minhas roupas estavam encharcadas. Tive de sentar-me ao sol para secá-las. Não tinha o que comer nem o que beber. Não tinha comigo mais nada além dum canivete, um cachimbo e um pedaço de fumo.

Como poderia viver naquela praia deserta, assim sem abrigo nem alimento? Estaideia ideia quase me enlouqueceu. Corri dum lado para outro, desesperado. Depois sentei-me no chão e chorei qual uma criança.

Nunca me senti tão só como naquele momento. Nunca me senti tão desamparado, tão perdido...

O sol foi descendo, até que desapareceu. Era noite. Pensei: "E se há feras por aqui? E se elas vêm atacar-me durante a noite? Como fazer para livrar-me desse perigo?"

A pouca distância havia uma árvore corpulenta. Caminhei para o lado dela, com tanta sorte que descobri, rente, um pequenino riacho de água pura. Matei a sede, depois trepei na árvore.

Os galhos eram forquilhas bem abertas, de modo que podia ajeitar-me entre eles, meio sentado, meio deitado, sem perigo de cair se dormisse. Com o canivete cortei um porretinho de um metro de comprido, com o qual pudesse defender-me de algum ataque noturno de fera.

A escuridão tornou-se profunda. O único rumor que me chegava aos ouvidos era o das ondas a baterem nos rochedos.

Senti-me tão bem de me achar em terra firme, livre das traições do mar, que esqueci qualquer outro perigo. E, como estava que não podia mais de cansaço, dormi o sono mais profundo da minha vida.

Meu primeiro amanhecer

Quando acordei, era dia velho. O sol estava alto. O céu, inteiramente azul. O ar, de uma pureza única.

Desci do meu poleiro e fui examinar o mar. Com grande espanto vi que o navio já não estava no banco de areia, onde encalhara, e sim mais perto da praia. A maré o havia trazido a mais ou menos uma milha da praia, encalhando-o de novo nuns recifes. Mastros e tudo mais haviam sido arrancados pelas ondas; só o casco parecia firme e perfeito.

O mar nesse momento estava o que havia de manso e ia se afastando da praia com a maré vazante, de modo que, descendo pela praia, pude aproximar-me do navio até um quarto de milha. Olhando para aquele casco, pensamentos tristes me vieram. Se houvessem permanecido no navio, em vez de tomarem o malfadado escaler, estariam todos salvos.

Mas que adianta pensar no que poderia ter sido? Meti-me pela água e daí por diante fui a nado até o navio.

Quando cheguei perto vi que o mar o colocara muito em cima do recife, de modo que quase todo o casco estava fora d'água. Nadei duas vezes em redor para ver se descobria jeito de entrar.

Pareceu-me impossível. Como trepar por aquele liso casco acima? Seria o mesmo que trepar em paredes. E já ia abandonando a ideiaideia, quando um pedaço de corda, que vinha do convés até a água, me atraiu os olhos. Meu coração bateu forte. Agarrei-me a ela e em pouco me achei dentro do navio.

Faço uma jangada

Havia muita água no porão. Felizmente as cabinas e a despensa estavam enxutas, com muitas caixas de mantimentos em perfeito estado.

Minha fome era grande, mas para não perder tempo enchi os bolsos de bolachas e as fui roendo enquanto continuava minha visita. Muitas coisas lá vi que me seriam de grande valor em terra. A questão era levá-las para terra. Como fazer?

— Só por meio duma jangada — disse comigo e, como havia no convés alguns paus e pedaços de cordas, tratei de amarrá-los uns aos outros, de modo a formar uma jangada. Depois atei nela a minha corda e lancei-a ao mar. Boiou perfeitamente.

Forrei-a com tábuas, de modo que ficou uma embarcação muito boa para os meus propósitos.

Restava agora enchê-la com as coisas mais preciosas do navio.

Para isso arranjei dois caixões. Pus no primeiro mantimentos — farinha, arroz, queijo e carne-seca. Amarrei-o numa forte corda e desci-o para a jangada. O segundo, enchi com roupas e, à última hora, aainda joguei nele um saquinho de centeio. Desceu muito bem, como o primeiro. Depois dei com a caixa de ferramentas do carpinteiro de bordo e compreendi como me seriam preciosas em terra tais ferramentas. A caixa era bem pesada e me deu mais trabalho para descê-la que tudo mais. Mas consegui.

Tive o gosto de ver minha jangada cheia do que eu mais carecia em terra — mas como me cansei!

A jangada vai para a terra

Já era mais de meio-dia, hora de a maré crescer. Embora cansado como estava, nem tomar fôlego eu pude, visto ter de aproveitar a maré para alcançar a terra.

— Já tenho mantimento — disse comigo. — Já tenho ferramenta e roupas. Que mais levo agora?

Lembrei-me do meu medo das feras e procurei armas. Na cabina do capitão encontrei duas boas espingardas, além de chumbo e pólvora. Também encontrei duas espadas enferrujadas e um par de pistolas. Ótimo. Com tais armas eu ficaria em situação de lutar até contra tigres.

Tudo foi arrumado na jangada. Faltava o resto, que não era pouco. Faltava dar com a jangada em terra firme. Para isso tinha de aproveitar o movimento da maré. Desamarrei a jangada e, como não tivesse remo para movê-la, deixei que as ondas e o vento a fossem vagarosamente impelindo para a praia.

A maré cresceu tanto que em breve me levou muito mais longe do ponto donde eu tinha começado a nadar para o navio. Em certo momento senti que a jangada entrava numa correnteza que ia ter a uma pequena baía, bem afastada da minha praia.

Lá nessa baía encalhou num banco de areia e por um triz que não despeja n'água o meu carregamento. Tive que agarrar os caixões com quanta força tinha e ficar segurando-os até que um novo impulso da maré desencalhasse a jangada.

Pude ver então que me achava sobre um rio que despejava naquela pequena baía. A jangada derivou por ele acima até um remanso, onde parou. Quis tentar o desembarque ali, mas não pude. As margens eram pantanosas. O remédio era deixar-me ficar quieto, entregue ao movimento da maré.

Assim fiz. A maré continuou a empurrar a jangada terra adentro até um ponto do rio onde as margens eram de terra firme. Nesse ponto o fluxo das águas parou. Ia começar a vazante. Era o bom momento para desembarcar. Saltei em terra e amarrei a embarcação num toco de pau.

Descubro que estou numa ilha

O sol ainda estava alto e eu cansadíssimo. Mas apesar de tudo não pensei em descansar. Tratei, porém, foi de saber em que lugar me achava. Seria um continente? Seria alguma ilha?

A meia milha daquele ponto havia um morro alto, donde, talvez, eu pudesse ver longe e resolver o problema que me preocupava. Meti as duas pistolas na cintura e, com uma das espingardas ao ombro, lá fui explorar o morro.

Em menos de meia hora alcancei o cimo, donde se gozava uma vista maravilhosa. De todos os lados sempre a mesma coisa — terra e depois mar. Não havia dúvida. Eu me achava numa ilha.

Nenhuma outra terra se avistava dali, a não ser duas pequenas ilhotas e uns rochedos nus, bem longe.

 Verifiquei que a ilha não era grande, quando muito

umas dez milhas de largo, ou vinte, talvez. Nunca fui bom calculista.

Não vi vestígios de habitação humana nem sinal de vida, qualquer que fosse. Se existiam animais nas florestas, nada indicava isso. A ideiaideia de que estava sozinho numa ilha desabitada deixou-me profundamente triste. Eu daria tudo para ver um ser humano, ainda que fosse um selvagem, bravio.

Não pude ficar muito tempo no topo do morro, porque a tarde ia caindo e eu tinha de cuidar dos meus salvados. Ao descer encontrei o primeiro ser vivente — um grande pássaro, pousado numa árvore. Pareceu-me gavião e atirei.

O som do tiro ecoou estranhamente por aquelas rochas e árvores, que nunca antes haviam ouvido um som daqueles.

Apanhei a ave atirada. Não era gavião nenhum. Não tinha garras nem bico de ave de rapina, mas sua carne não me pareceu boa para comer e botei-a fora.

O sol já ia quase desaparecendo quando cheguei ao ponto onde estava a jangada. E agora? Não tinha para onde ir nem onde dormir. Mas tinha de resolver sem demora essas questões, porque a noite não tardava.

Esvaziei os caixões e, com eles e as tábuas da jangada, fiz uma tosca habitação, ou gaiola, onde me meti, bem encolhido. Por meia hora ainda estive de olhos abertos, atento aos menores rumores. Por fim ferrei no sono para só acordar no dia seguinte.

Aparece-me uma visita

No dia seguinte, assim que a maré atingiu o ponto mais baixo, nadei outra vez para o barco. Havia ainda lá muita coisa preciosa que eu tinha de trazer para terra. Era preciso recolher o mais que pudesse.

Subi ao navio exatamente como tinha feito na véspera e, antes de escolher coisas que me fossem úteis, tratei de fazer outra jangada, desta vez menor, porque o melhor material tinha sido empregado na primeira.

Na oficina do carpinteiro encontrei quatro maços de pregos e um rebolo. Também uma caixa de facas e um barrilote de balas para mosquete. Na cabina do capitão encontrei espingardas e mais pólvora.

Tudo isso meti na jangada, com todas as precauções. Depois recolhi mais roupas e ainda uma vela do navio, uma rede, um colchão e uns travesseiros.

A jangada ficou cheia demais. Eram coisas de pouco peso, mas de muito volume.

Quando a maré começou a encher, larguei para a praia, desta vez ajudando a marcha da embarcação com um remo encontrado no navio. Usando-o como leme, poderia desembarcar onde quisesse e não onde as correntezas me levassem.

Logo que desembarquei, indo ver se o que havia trazido na véspera estava no seu lugar, dei com um animal estranho. Parecia gato selvagem.

Assim que me viu, saltou de cima da caixa onde estava e fugiu para perto. Parou e olhou-me com fixidez. Dirigi-me a ele. O gato esperou-me, sempre de olhos fixos em mim, como quem está na dúvida se é um amigo ou inimigo.

Apontei para ele a espingarda e dei um grito. Não se assustou. Continuou no mesmo lugar. Tirei então um pedaço de bolacha do meu bolso e mostrei-o ao animalzinho, lançando-o para perto dele.

O gato farejou o petisco e comeu-o; depois olhou para mim como quem pede mais.

— Muito obrigado — disse eu. — Fique sabendo que biscoito é coisa preciosa aqui e tem de contentar-se com o que dei. Não sei se me entendeu ou não. Só sei que me virou as costas e foi-se.

Cuidei então de tirar da jangada os novos salvados e trazê-los para junto dos outros. Não era fácil e foi coisa que me obrigou a muitas caminhadas de lá para cá e de cá para lá.

Depois de tudo descarregado, construí uma tenda com a vela do navio e uns paus que cortei perto. Guardei nesse abrigo tudo quanto não podia ficar exposto ao relento, e as caixas vazias, empilhei-as do lado de fora, formando uma muralha.

— Isto há de causar estranheza às feras, mandando-as longe daqui — disse comigo.

O dia ia morrendo. Estendi o colchão, ajeitei o travesseiro e, pondo debaixo dele as duas pistolas, bem carregadas, tratei de dormir um merecido sono.

Descubro mais coisas

No terceiro dia voltei novamente ao navio, o que fiz durante mais duma semana. Cada dia eu despejava na praia um novo carregamento. Minha ideia era não deixar nele coisa nenhuma que fosse possível trazer e, por fim, também o navio.

Acham impossível? Pois fiquem sabendo que pensei nisso — pensei em desmontá-lo pouco a pouco e trazê-lo, assim em peças, para a praia.

O meu último achado foi um pequeno saco de moedas de ouro e prata, no fundo duma gaveta. Não pude conter um sorriso.

— Tão precioso é o ouro lá fora como inútil para mim aqui. Não vale o trabalho de ser conduzido para terra.

Esta faquinha enferrujada que aqui está vale mais que

todo este saco de dinheiro. Fica-te aí, ó inutilidade, ou vai para o fundo do mar.

Ao deixar a cabina dei uma vista d'olhos para trás. As moedas lá estavam, reluzentes, a me tentarem. Tive dó das coitadas e, pondo-as outra vez no saquinho, trouxe-as comigo.

Quando reapareci no convés, o vento estava soprando forte. Nuvens pesadas começavam a cobrir o céu. As ondas agitavam-se, como que nervosas. A tempestade vinha-se formando.

Vi que era tempo de voltar para terra — e depressa. Nesse dia regressei a nado e só trouxe comigo, preso à cintura, o saquinho de moedas de ouro.

Assim que alcancei a praia, a tempestade desabou.

Começo o meu castelo

Escondi-me na tenda, deitado no colchão, com o saco de ouro e muitas outras preciosidades em redor. Durante a noite inteira a tempestade rugiu lá fora, não me deixando pregar os olhos. De manhã a chuva serenou e me permitiu sair.

Meu primeiro olhar, como sempre, foi para o navio, a ver se continuava no mesmo lugar. Nesse dia fui logrado. Não existia o menor sinal de navio no rochedo. A tempestade o tinha destruído durante a noite.

Não podendo mais ocupar meu tempo com as visitas ao navio, comecei a pensar em outras coisas. As feras da ilha, embora ainda não encontrasse nenhuma, nunca deixavam de me preocupar. Também tinha receio de que me aparecessem índios ferozes ou canibais.

Era preciso prevenir-me contra esses perigos. Para tal, o bom seria construir um pequeno forte, ou castelo, que me servisse de morada. Aquele sítio ali não me pareceu próprio. Muito baixo e úmido. Tornava-se indispensável descobrir ponto melhor.

A pouca distância havia um morrote pedregoso. Fui examiná-lo. Subi por ele acima e logo achei uma chapada muito jeitosa para os meus fins. Era limitada num dos lados pela rocha a pique, tal qual uma muralha.

A chapada media cem metros de comprimento por uns cinquenta de largo, estando revestida de lainda relva viçosa.

— Ótimo — disse com os meus botões. — Não poderia encontrar melhor sítio para um castelo.

Não foi coisa fácil transportar para ali todos os salvados. Levei dias nessa empreitada e muito suei. Mas tempo não me faltava; eu não tinha nada a fazer senão ocupar-me com as minhas coisas.

Em certo ponto da muralha de pedra havia uma brecha, como entrada de caverna. Mas não havia caverna nenhuma. Justamente nesse ponto comecei a construção do castelo.

Primeiro risquei no chão um semicírculo, abrangendo área aí duns cem metros quadrados. Depois cortei a madeira necessária e fui fincando postes bem juntos para fechar o semicírculo.

Para maior solidez fiz essa estacada em dupla, de modo a resistir a qualquer ataque; cada estaca tinha a altura de minha cabeça.

 Depois trancei as estacas com as grossas cordas trazidas do navio, conseguindo desse modo uma defesa de primeira ordem.

Não fiz porta. Para entrar ou sair só existia um meio: pular por cima. Ou fazer como eu fazia: usar uma pequena escada que depois de servir para subir era mudada para o outro lado e servia para descer.

No dia em que acabei a minha estacada pude pela primeira vez dormir um sono pacífico. Tinha certeza de que estava perfeitamente seguro.

Ali dentro guardei todos os meus ricos salvados — ferramenta, mantimento, caixas e roupas. Depois tratei de construir, junto à muralha de pedra, um abrigo em forma de tenda, utilizando como coberta as velas do navio. No meio da tenda armei minha rede. Marinheiro acostuma-se a dormir em qualquer rede.

A brecha na muralha de pedra era um começo de caverna. A rocha ali estava toda trincada, de modo que me foi fácil uma cova bastante ampla, que ficou sendo o meu celeiro e a minha cozinha. Pouco me utilizei dessa cozinha, porém. Muito abafada e sem ventilação. Nos dias frios virava o meu quarto de dormir.

Primeira caçada

Semanas e semanas se passaram antes que o castelo ficasse pronto. Eu não podia trabalhar só nele. Tinha de me ocupar de outras coisas, como caçar, por exemplo.

O dia em que descobri na ilha um bando de cabritos monteses foi um dia feliz para mim. Iria ter carne, quem sabe leite também.

Mas esses animais eram dos mais ariscos que se possa imaginar. Assim que me viram, desapareceram como relâmpagos.

Uma semana depois pude avistar, sem ser visto, uma cabra pastando no vale, com um cabritinho ao lado. Tomei a espingarda e fui-me arrastando pelo chão, que nem cobra, até chegar à distância de tiro. Fiz boa pontaria e *pum!*

Senti aquilo. Era uma crueldade, não restava dúvida.

Mas que havia de fazer um pobre homem na minha situação, sem outro alimento além duns salvados que não durariam muito?

O cabritinho não fugiu. Ficou chorando ao lado da pobre mãe morta. Quando pus a cabra ao ombro e vim com ela para casa, o pobre animalzinho me acompanhou. Chegando ao castelo, vi que ainda não pastava, de modo que morreria de fome se eu não o matasse — e foi assim que, com muita dor de coração, matei também o pobrezinho.

Um mês mais tarde atirei noutro cabrito. O tiro acertou na perna e não deu para matar. Trouxe-o para o castelo, tratei dele carinhosamente e curei-o. Ficou tão manso que me acompanhava por toda parte em meus passeios.

Isso me sugeriu a ideia de ter comigo todo um rebanho de cabras. Obteria assim leite e teria carne fácil, quando não pudesse mais caçar por falta de pólvora.

Robinson não pode parar

Entre as coisas trazidas do navio ainda há algumas sobre o que não falei. É tempo de referir-me a elas agora.

Na cabina do capitão eu encontrara penas, tinta e papel, objetos que me foram preciosos mais tarde, como contarei. Também havia mapas, bússolas e três ou quatro livros de navegação. Estes, joguei num canto, porque pretendia nunca mais navegar; tudo mais trouxe para terra. Pude também achar a minha própria Bíblia, que me acompanhava desde que parti da Inglaterra. E, se disser que também trouxe do navio gatos e um cachorro, terei dito tudo.

Esse cachorro foi um grande e fiel amigo que tive. As penas duraram bastante tempo, duraram até acabar-se a tinta com que escrevia diariamente tudo quanto se passava.

Depois que terminei meu castelo vi que lhe faltava muita coisa para ser uma verdadeira morada. Faltava mobília, pelo menos mesa e cadeira.

Para a mesa e a cadeira aproveitei as tábuas que vieram do navio como forro das jangadas. Para as prateleiras que armei na cozinha tive de desbastar troncos de árvore.

Tudo levava muito tempo, mas servia para encher a imensidão de tempo de que eu dispunha.

Minha caverna parecia com certas tendas de pequenos mascates, onde há um bocadinho de cada mercadoria.

Cada semana que passava eu me enriquecia de qualquer objeto novo. Fiz uma pá de terra, muito bem-feitinha. Infelizmente a parte que tem de ser de ferro era de pau e logo se estragou.

Quando estava alargando a caverna vi logo que me era muito penoso carregar nas costas o entulho. Interrompi o serviço e construí um carrinho de mão. De nada valeu, porque empaquei na roda. Não houve meio de conseguir fazer a roda. Então transformei o carrinho num tabuleiro, como certos pedreiros usam — e foi nele que carreguei para fora o entulho.

Um grande susto

Justamente no dia em que minha caverna ficou pronta passei por um grande susto, vendo-me ameaçado de perder tudo quanto havia feito e até a própria vida. Eu estava ocupado com qualquer coisa dentro da tenda quando ouvi um barulho atroador em cima de minha cabeça.

Antes que pudesse saber do que se tratava, grande massa de terra e pedras desabou aos meus pés. Escapei por um triz de ser enterrado vivo.

Pulando para fora, trepei à estacada e de lá pude ver que a muralha de pedra estava desmoronando. Compreendi logo o que acontecia.

— Um terremoto! — exclamei, no auge do terror.

A terra tremia em convulsões. Uma grande rocha, que ficava entre meu castelo e a praia, desabou com grande estrondo.

Houve três fortes tremores de cerca de oito minutos de intervalo. Apavorado como estava, eu não sabia o que fazer. Fiquei por ali, tonto, exclamando de vez em quando:

— Meu Deus, tende piedade de mim!

Depois do terceiro tremor, vendo que ainda estava vivo, criei mais coragem. Mas fiquei no mesmo lugar, à espera do que desse e viesse.

Num instante o céu se cobriu de nuvens negras. O vento cresceu de fúria. Virou furacão.

O mar cobriu-se de espuma, e as ondas mais pareciam montanhas do que ondas. Em terra, árvores eram arrancadas e ficavam de raízes para cima. Felizmente minha tenda estava bem abrigada pela muralha de pedra, senão teria sido carregada pelo vento como se fosse pluma.

O furacão durou três horas. Depois a chuva veio em catadupas. Eu não tinha coragem de entrar no castelo; só à noite, quando a chuva serenou, tive ânimo de voltar para lá. Receava que o desmoronamento do começo continuasse e me enterrasse vivo.

Exploração da ilha

Choveu durante toda a noite, mas como na caverna a chuva não me alcançava fui aos poucos perdendo o medo. O terremoto e o furacão estragaram bastante o castelo. Tive de trabalhar muito para deixar tudo em ordem outra vez.

Por esse tempo fazia já dez meses que eu estava naquele lugar deserto e, apesar disso, só lhe conhecia uma pequena parte. Certa manhã pus a espingarda ao ombro e saí em exploração.

Segui pelo riozinho, onde havia descarregado minhas jangadas, logo verificando que era de muito pequeno curso. Duas milhas acima já não recebia as águas do mar, trazidas pela maré.

Ao longo desse riacho, lado a lado, vi laindas várzeas cobertas de capim alto. Nessas várzeas encontrei muitos pés de fumo, crescendo como planta selvagem. Procurei ver se achava uma planta cujas raízes os índios do Brasil usavam como pão, mas inutilmente.

Encontrei, em vez disso, várias touceiras de cana-de--açúcar e muitas outras plantas desconhecidas. De volta ao castelo vim lamentando ser ignorante como era, pois isso me privava de tirar partido de muita coisa encontrada. Quem não sabe é cego.

No dia seguinte fiz o mesmo percurso, indo, porém, muito mais longe. Para adiante daquelas várzeas havia uma floresta onde encontrei várias qualidades de fruta. Entre elas, uvas. Tive a sorte de chegar no momento em que numerosos cachos pendiam maduros.

Este achado me alegrou bastante. Havia de voltar ali noutra ocasião, colher toda aquela uva e pô-la ao sol para secar. Talvez pudesse obter ótimas passas.

A noite me colheu na floresta e, em vez de voltar ao castelo, resolvi dormir no mato. Era a primeira vez que semelhante coisa acontecia.

No dia seguinte explorei a floresta numa extensão de quatro milhas. Por fim alcancei um ponto onde o terreno virava encosta de morro, dando para oeste. Tão fresco ali, tão lindos os verdes, que tive a impressão de estar num jardim. A encosta ia morrer num formoso vale cheio de árvores, entre as quais encontrei laranjeira, limoeiros e limeiras. Também descobri parreiras. Comi as frutas que pude e tomei o caminho do castelo levando um bom sortimento.

Preparações para o inverno

Agradou-me tanto aquele vale que dali por diante passava lá boa parte do meu tempo. Resolvi construir perto das laranjeiras uma casinha, que me servisse no verão. Eu a fiz de ramos de árvore e pequena, como convinha ao morador solitário que ia ter. Em redor construí uma forte cerca de paus-a-pique, entreamarrados com cipós. Em vez de porta, o mesmo sistema de escadinha usado no castelo.

Ali vinha passar meus dois, três dias de recreio e, como descobrisse mais uvas, pude finalmente colher uns duzentos cachos e pendurá-los num varal, para secar. Como o clima fosse próprio, obtive excelentes passas, que levei para o castelo.

Assim fui, pouco a pouco, juntando comestíveis para o inverno. Esta estação, porém, não se mostrou rigorosa como na Inglaterra. Muito pouco frio. Em compensação era um chover que não tinha fim.

Havia acabado de construir minha casa de verão quando o inverno se anunciou com os aguaceiros dos trópicos. A primeira carga d'água me pilhou lá no meu pomar. Que fazer senão voltar para o castelo a toda pressa e meter-me nele como um bicho na toca?

Durante semanas fiquei assim entocado, sem poder mexer-me. Botar o nariz fora da caverna era encharcar-me dos pés à cabeça.

Minha provisão de alimentos começou a minguar, e um dia, apesar da chuva, tive de sair para abater um cabrito. De volta pulei de contentamento ao ver uma grande tartaruga entre as pedras. Ótimo. Aquele cascudo representava a subsistência por muitos dias.

Minhas refeições eram bastante simples. De manhã, um cacho de passas e um biscoito. Ao jantar, tartaruga cozida. Sopa de tartaruga, que é um petisco tão apreciado, não pude fazer por falta de panela. Para a ceia eu tinha dois ou três ovos de tartaruga.

A chuva me fechava na caverna, mas não conseguia tornar-me inativo. Aproveitava o tempo para alargar a caverna e tanto cavei que obtive o espaço necessário para mais um compartimento bastante cômodo.

Outra coisa que fiz nesse inverno foi forrar com paus roliços e ramos o teto da caverna. E muito mais coisas fiz, de modo que o castelo acabou tornando-se a melhor morada que um homem solitário poderia ter numa ilha deserta.

Meu calendário

Fazia um ano justo que eu estava ali, naquela solidão.

Vocês espantam-se desta certeza? É que eu tinha um calendário.

Nos primeiros dias depois do naufrágio pus-me a pensar que, sem uma folhinha ou calendário, onde tomasse nota dos dias que se iam passando, breve a conta do tempo estaria perdida para mim. Precisava remediar isso.

Finquei então um alto poste no terreiro. No topo gravei, em letras grandes, estas palavras:

Cada manhã dava um corte na madeira, partindo do alto para baixo. Os domingos, marcava com um corte mais comprido, e os meses com um ainda mais longo.

Meu calendário era aquilo.

Certa manhã notei que já havia feito 365 cortes na madeira. Fiquei certo, pois, de que já estava na ilha deserta havia um ano justo.

Esse dia foi conservado em minha memória como data notável. E, dando graças a Deus por me haver conservado em boa segurança no meio de tantos perigos, jejuei por doze horas, faindas as quais comi um biscoito e fui para a cama.

Tendo já experiência de um ano na ilha, aprendi que as estações eram muito diferentes das da Inglaterra. Não podiam ser propriamente divididas em primavera, verão, outono e inverno, como lá, mas sim em duas estações somente — a estação das águas e a estação das secas.

Planto alguns grãos

A primeira estação das águas na ilha começou em meados de fevereiro e foi até meados de abril. A estação seca foi de abril a agosto. Neste mês novamente vieram as águas até outubro, e daí até fevereiro tive outra estação seca.

Um dia, antes de começarem as chuvas, ao arrumar as minhas coisas, dei com o saquinho de centeio trazido de bordo completamente vazio.

Os ratos haviam dado cabo dele. Só deixaram no fundo umas pitadas de farelo.

Perdera o cereal, mas não perderia o saquinho. Fui sacudi-lo fora, dobrei-o e guardei-o numa das prateleiras.

Um mês depois notei que no lugar onde sacudira o saquinho estavam crescendo uns pés duma erva diferente das outras naturais dali. Não me lembrei do incidente do saquinho, mas tomei cuidado da erva desconhecida para que crescesse em paz e pela flor ou fruto pudesse ser reconhecida.

Cresceu até a altura do meu cinto e deitou cacho. Só então percebi que era centeio. Alguns grãos haviam escapado dos dentes dos camundongos, sendo lançados à terra quando sacudi o saquinho. Ninguém pode imaginar minha alegria. A colheita ia ser de doze espigas, que forneceriam os grãos necessários para iniciar a cultura do centeio na ilha. Algumas plantinhas eram diferentes das outras e logo vim a descobrir que não eram de centeio, e sim de arroz.

Vocês podem imaginar o cuidado que tomei com aquelas preciosas plantas.

Logo que amadureceram as espigas fiz a colheita e obtive um punhado de centeio e outro de arroz, que guardei, como pérolas, em lugar que rato não pudesse alcançar. Na próxima estação chuvosa iria fazer a primeira cultura.

Só depois de quatro plantações sucessivas poderia eu ter colheita que me desse para ser usada na alimentação. Mas não havia outro meio senão plantar e esperar. Semeei meu centeio e meu arroz dentro do cercado da casa de verão.

Tinha acontecido lá uma coisa curiosa. Os paus com que fiz a cerca eram verdes e, em vez de secarem, criaram raízes e brotaram. Isso me causou satisfação, porque, podando-os, poderia obter uma cerca viva que durasse para sempre. Podia ainda fazer o que fiz, isto é, guiar os brotos para o centro do cercado e amarrá-los num poste alto que lá finquei. Desse modo, em vez dum cercado, consegui um caramanchão bem fresco e lindo que ficou um verdadeiro ninho de verdura.

Que prazer me dava entrar ali nos dias quentes da estação seca!

Aquela planta, que pegava tão bem de galho, me era desconhecida. Isso não impediu que eu levasse para o castelo um feixe de mudas e as plantasse rente da cerca. Não só iriam embelezar meus domínios como aumentar a força defensiva da estacada.

Uma longa viagem

Sempre tive ideia de conhecer a ilha inteira, e um dia chegou a vez. Preparei-me o melhor que pude e parti para uma demorada excursão. Espingarda ao ombro, o melhor facão na cintura, um sortimento de passas e biscoitos na sacola. O cachorro, como sempre, me serviu de companheiro.

Fui até o vale das laranjeiras e de lá caminhei para a frente, até encontrar de novo o mar.

Lindo sítio era aquele. E mais lindo me pareceu nessa tarde de céu azul e ar puríssimo, com as águas do mar, muito calmas, a refletirem a luz vermelha do sol poente.

Vi ao longe terras, a umas cinquenta milhas de distância. Se era uma outra ilha ou terras do continente americano, não podia saber.

Se fossem terras do continente era muito provável que

algum dia eu avistasse um navio indo para lá ou vindo de lá. Se era ilha, talvez fosse habitada por selvagens, com os quais seria perigoso encontrar-me.

Achei aquele lado da ilha muito mais belo que o outro — o meu. Campos abertos, muito viçosos de verdura e cheios de flores. Também belos trechos de floresta, com árvores laindas, todas encipoadas.

Vi muito papagaio tagarelando no arvoredo e lembrei--me de pegar um para enfeite do castelo. Tive trabalho, mas apanhei um filhote já taludo, no ponto de aprender a falar. Defendeu-se heroicamente, a bico e unhas, mas afinal acabou aprisionado em minha sacola.

Esse papagaio custou um pouco a falar; por fim desembaraçou-se e virou a teteia do castelo. Pronunciava meu nome na perfeição.

Além de papagaios havia lá outras aves, muitas das quais nunca tinha visto antes. Vi também uns animaizinhos que davam ideia de coelho e outros que lembravam a raposa da Inglaterra.

Nessa demorada excursão viajei sem pressa em redor da ilha inteirinha, com a intenção de conhecê-la toda. Minha falta de pressa era tamanha que às vezes levava um dia para caminhar meia légua.

Dormia nas árvores, com o cachorro a montar guarda embaixo, ou então fazia um cercadinho de estacas bem fincadas, de modo que meu sono fosse livre de pesadelos.

Nas praias passeavam milhares de tartarugas e uma infinidade de aves marinhas. Isso me facilitou enormemente a tarefa de obter alimentos. Às vezes comia um pombo assado, outras vezes um suculento naco de tartaruga ou uma perna de cabrito. Nenhum rei passava melhor que eu, em matéria de carne e caça. Quando já vinha de regresso para o ponto de partida, meu cachorro ferrou um cabritinho. Corri e não deixei que maltratasse e, amarrando o prisioneiro com uma corda, trouxe-o comigo.

Primeira colheita

Ninguém imaginaria o meu prazer em regressar ao castelo e dormir outra vez na velha rede. Tinha passado fora todo um mês. Por isso, bastante cansado, fiquei sem sair durante uma semana. Enquanto descansava construí a gaiola do papagaio, que batizei de Poll. Ficou logo mansinho e muito meu camarada.

Depois me lembrei do cabritinho deixado na casa de verão. Podia perecer lá. Fui buscá-lo. Encontrei-o esfomeado, porque a grama do cercado não era muita e já a havia tosado toda. Deixei que ele enchesse o papo primeiro; depois o trouxe, puxado pela cordinha. Estava bem manso e não ofereceu nenhuma resistência.

Esse cabritinho era o que havia de gracioso e me criou tanto amor que me acompanhava por toda a parte. Ele, o cão e o papagaio muito fizeram para quebrar a solidão em que eu vivia. Minha vida, afinal de contas, estava sendo mais agradável que durante o tempo das viagens por mar.

A plantação de centeio e arroz ia correndo muito bem e dentro dum mês chegaria o tempo da colheita. Um dia, porém, encontrei-a bastante estragada pelos coelhos e cabras, e por essa amostra vi que estava ameaçado de perder a plantação inteirinha.

Para prevenir tal desastre cerquei de paus-a-pique, bem juntos, toda a área plantada. Pus ainda o cachorro de vigia. Consegui assim que a seara amadurecesse sem maior perturbação.

Mas assim que as espigas começaram a granar vieram outros sócios, os pássaros. Contra eles de nada valia a cerca, de modo que tive de tomar novas providências. Uma delas foi matar três a tiro.

Foi um santo remédio. Não só não mais me apareceram por lá, como fugiram das redondezas do castelo.

Novas dificuldades surgiram quando o centeio amadureceu. Precisava ser colhido. Mas como? Não havendo ceifadeira, tinha de inventar coisa que a substituísse. Lembrei-me da velha espada do capitão. Amolei-a no rebolo e serviu muito bem.

Colhidas as espigas, enchi com elas uma grande cesta que levei para o castelo, onde as debulhei. Terminada a debulha, medi o grão e achei-me com dois alqueires de arroz e três de centeio. Isso me alegrou. Vi que tinha semente necessária para plantar uma roça.

Vocês já pensaram em quanta coisa é preciso para fazer

pão? Eu pensei nisso e sei o que é semear o grão, depois colher, debulhar, moer, peneirar, amassar e assar.

Cada uma destas operações exige instrumentos ou vasilhas próprias, que eu não tinha. Para preparar a terra, como não havia arado, o jeito foi trabalhar com a pá. Pronta a terra, e sementesespalhadas as sementes, era preciso correr a grade. Em vez de grade, que não existia, arrastei pela terra um grande galho de árvore seca.

Depois tive de construir a cerca em redor da plantação. Quanta trabalheira! Era preciso um moinho para moer, uma peneira para peneirar, sal para salgar, fermento para fermentar a massa, forno para cozê-la. Quanta canseira para conseguir um pão... Minha sorte foi ter arrecadado do navio muita ferramenta de carpinteiro. Que poderia fazer sem elas? Da pá que construí já falei, mas ainda não falei da picareta que fiz duma barra de ferro.

Outra coisa que não pude dispensar foram cestos. Para vários fins me faziam falta, de modo que um dia me meti a cesteiro.

Facas e machetes e outras ferramentas de corte não me faltavam. Mas o tempo corre e o ferro enferruja. Tinha de as amolar. E, como não podia segurar a ferramenta e tocar o rebolo ao mesmo tempo, armei uma engenhoca por meio da qual eu movia o rebolo com o pé. Ficou tão boa que minha ferramenta nada deixava a desejar.

Viro paneleiro

A fabricação do pão fez-me ver que o castelo andava muito pobre de vasilhas. Construí-las de madeira era penoso, além de que a madeira não é o material adequado. Em metal eu não podia pensar. Lembrei-me de argila. Encontrei perto de casa uma boa jazida de argila. Toca a extrair argila e amassá-la. E agora? Era preciso dar forma ao barro, e não havendo outro meio fiz isso com a mão. Ficaram horrendas as minhas vasilhas. Quebravam-se por si mesmas.

Dois meses de trabalho me custaram essas horrendas panelas e vasilhas, das quais só duas podiam ser vistas sem risotas. Serviam para guardar o meu primeiro arroz e o meu primeiro centeio. Fabriquei também pratos e tigelas, que sequei ao sol.

Um dia, estando a cozinhar o jantar, fiz um fogo muito

forte. Uma das minhas tigelas caiu nele e lá ficou. No dia seguinte, removendo as cinzas, encontrei os pedaços da tigela, mas em muito diferente estado. Tinham enrijecido como pedra e quebravam como telha. Aquilo me fez pensar. Se pedaços de tigela adquiriram tal consistência ao fogo, o mesmo aconteceria com a tigela inteira e mais vasilhas. Isto é coisa sabidíssima de toda a gente, porque é assim que se preparam todas as vasilhas de barro desde que o mundo é mundo. Mas eu não sabia. Nunca tinha visto ou lido nada a respeito de cerâmica. Fiz a descoberta por mim próprio.

Para experimentar coloquei todas as minhas vasilhas amontoadas umas por cima das outras e as cobri com uma grande pilha de lenha. Pus fogo e deixei a fogueira arder até ficar reduzida a cinzas. O dia inteiro levaram queimando. O resultado foi esplêndido. Obtive vasilhas tão boas como as melhores da Inglaterra.

Embora feias de fazer rir, minhas panelas valiam quaisquer outras. Não rachavam ao fogo, como as primeiras, e resistiam à ação da água como se fossem de metal. No dia dessa grande vitória jantei uma excelente sopa de tartaruga.

Faço uma grande canoa

Apesar de a vida da ilha deserta ser mais feliz que a minha vida anterior de marinheiro, nunca deixei de preocupar-me com a volta. Queria escapar daquela solidão, queria ver gente, estava cheio de saudades da terra natal e dos amigos. Já contei que havia visto terra a cinquenta milhas de distância, naquela excursão pelo outro lado da ilha, uma terra que nunca mais me saiu da cabeça.

Precisava chegar até lá. Parece loucura, porque nada indicava que nessa terra as minhas condições melhorassem. Talvez até fossem piores que na minha ilha deserta.

Eu era um rei naquela ilha. Tinha todas as comodidades da vida. Abundância de alimentos, água pura, ar saudável. Podia cultivar terras. Possuía milhares de árvores de rica madeira. Até dinheiro tinha — mais de cem moedas de ouro e prata.

Mas era um rei sem súditos. Se aumentasse minhas culturas não teria a quem vender os produtos. Não tinha o que comprar com o meu ouro. O meu ouro! Com que prazer o daria em troca de um vidro de tinta!

Em tudo isto pensei, mas a ideia de escapar da solidão nunca me largava, e eu preferiria correr todos os riscos a ficar ali a vida inteira. O resultado dessas cogitações foi uma canoa.

Resolvi construir uma bastante grande para conter-me a mim e às minhas coisas, uma canoa resistente, capaz de aguentar mar alto. Eu tinha visto muitas canoas grandes construídas pelos índios do Brasil e achei que com uma delas me arrumaria.

Na floresta encontrei madeira apropriada: um tronco de cedro da altura e grossura necessárias. Era um madeirão de oito palmos de diâmetro na base.

Duas semanas levei derrubando esse pau e mais duas para obter a tora de que precisava. Depois comecei a escavá-lo a machado, enxó e fogo. Durante três meses não fiz outra coisa senão labutar na tora de cedro, mas quando rematei o serviço senti-me orgulhoso. Estava transformada numa canoa maior que as vistas entre os índios.

Ficou elegante e com capacidade para umas vinte pessoas.

Tudo foi muito bem até aí; as dificuldades apareceram depois. Como levar a canoa ao mar? Tinha sido construída a umas cem braças do rio onde eu descarregara as jangadas, e cem braças são cem braças.

Tentei todos os meios, sem conseguir mover de um

dedo o canoão. Depois de muito pensar, tentei ainda um último recurso e desta vez consegui movê-lo meio dedo.

Que estúpido havia sido! Por que não pensara nisso antes de fazer a canoa? Quem tem bom juízo primeiro olha a largura do valo antes de pular.

Errei e pagava meu erro.

Meu guarda-sol

O tempo ia-se passando e com ele as coisas trazidas do navio também iam-se acabando. Os biscoitos duraram apenas um ano, comendo um por dia, como era meu hábito. A tinta acabou logo e, embora me sobrassem penas e papel, não havia uso para eles.

Por fim minhas roupas começaram a virar trapo. Felizmente o clima tropical era dos que requeriam pouca roupa.

Mesmo assim não podia passar sem elas.

Tive de recorrer às peles dos animais que havia caçado. Nunca as pus fora. Esticava-as com varas e secava-as ao sol, de modo que reuni grande quantidade de peles, algumas tão rijas que para nada serviam, outras macias.

Certa vez peguei uma e a transformei num gorro. Não ficou bonito, mas serviu muito bem. Que valia boniteza ali?

O bom resultado que tive com o gorro deu-me a ideia de fazer mais coisas de pele, e vira e mexe acabei fazendo um terno inteiro.

Compunha-se dum colete e um par de calças, tudo bem folgado por causa do calor. Ah! Boas risadas vocês dariam se me vissem naqueles trajes. Mas abrigavam-me perfeitamente contra chuvas e ventos. Podia eu desejar mais?

Depois me veio a ideia dum guarda-sol, objeto muito usado no Brasil, embora raríssimo na Inglaterra. Se era de tanto valor no Brasil, terra de sol quente, muito mais seria ali, onde o sol queimava como fogo.

Comecei a fazer um. Custou seu bocado. Tive de fazê-lo e refazê-lo muitas vezes até que ficasse no ponto.

Não saiu guarda-sol de abrir e fechar, no começo. Era fixo, sempre aberto. Logo me convenci de que guarda-sol assim nada adianta. Recomecei outro.

Trabalhava nele nos meus momentos de folga, como quem se diverte a fazer um brinquedo.

E tanto lidei que o fiz de abrir e fechar, como todo guarda-sol que se preza. Era forrado de peles com o pelo para fora e me abrigava muito bem, tanto do sol como das chuvas.

Foi-me de grande recurso esse feio guarda-sol, permitindo-me sair do castelo com qualquer tempo.

Cinco anos já se haviam passado. Durante todo esse tempo nunca estive ocioso. Procurava sempre ocupar-me de qualquer coisa, único meio de enganar a solidão.

De manhã lia passagens da Bíblia. Depois saía a cuidar do almoço, gastando nisso mais ou menos três horas. Em seguida pegava no trabalho em andamento. Durante as horas de muito sol trabalhava no castelo ou na casa de verão. Se não havia sol, ao ar livre.

Os trabalhos de campo, nas plantações, fazia-os de tardinha ou pela manhã; neste último caso mudava a hora da "caçada do almoço" para depois do meio-dia.

Uma perigosa aventura

A ideia da canoa nunca me abandonou e, embora falhasse a primeira tentativa, continuava dentro da minha cachola mais viva do que nunca.

Tinha errado na primeira? Muito bem. Não erraria na segunda. E resolvi, certa vez, começar uma outra.

Não encontrei madeira que servisse nas proximidades do rio. Só fui achar um bom pau a meia milha dali. Desta vez, porém, antes de derrubar a árvore fiz todos os planos a respeito do transporte da canoa. Trabalhei com muita coragem e cheio de esperanças. E, como não a fiz tão grande como a primeira, a tarefa foi de poucas semanas. Carregava só duas ou três pessoas.

Apesar de pequena, era tão pesada que eu não podia movê-la do solo. Mas isso não queria dizer nada, porque, como já expliquei, tinha arquitetado um plano

antes de começá-la. Esse plano consistia em trazer a água até a canoa, caso não pudesse levar a canoa até a água. Para consegui-lo tinha de abrir um canal que viesse do rio até ali.

Três anos de trabalho me custou esse canal, de um metro de largo por dois de fundo, na extensão de meia milha. Quando pude romper a barragem junto ao rio, para que a água o enchesse, fiquei orgulhoso. Foi só escorregar a canoa para dentro dele.

Pequena como era, não se prestava para viagem longa. Servia apenas para passeios em redor da ilha. Antes de a estrear armei-a com um pequeno mastro e vela, feita dum pedaço que ainda restava das velas do navio. Fiz ainda uns compartimentos, ou caixas, na popa, onde pudesse levar mantimentos e outras coisas necessárias a quem viaja. Também arrumei dois ganchos onde minha espingarda pudesse descansar bem ao meu alcance.

Não me esqueci do guarda-sol. Lá foi para a canoa com os outros objetos necessários. E, assim preparado, iniciei uma série de passeios.

Um dia deliberei rodear a ilha de canoa. Carreguei-a com doze pães de centeio, arroz e quartos de cabrito. Também pólvora e chumbo para muitos tiros. Parti em novembro — e foi a mais dura e perigosa viagem da minha vida.

Havia muito rochedo na costa, de modo que volta e meia tinha de pôr a canoa ao largo e velejar muito tempo para os rodear. Em certo ponto fui apartado para uma corrente marinha que por um triz não deu cabo da minha vida.

Essa corrente formava um redemoinho, onde a canoa, pegada de surpresa, ficou a girar sobre si mesma sem poder sair do mesmo ponto. A vela de nada valia. Estive assim muito tempo, até que a corrente me levou para mar alto.

Dei-me por perdido. Não enxergava terra. Súbito, notei que a canoa havia beirado a corrente. Tomei o remo, desesperado. Remei e de repente percebi que me havia safado da corrente. Que alegria!

Pude observar em caminho que ela seguia pelo meio de duas correntes e que, se fosse apanhada por qualquer delas, voltaria de novo para mar alto. Tive, pois, de ficar com cem olhos abertos, na direção do barco, para evitar semelhante calamidade.

Cheguei à ilha, afinal, são e salvo. Havia escapado de boa. *Uf!*

Uma voz humana

Meu primeiro movimento ao pisar terra firme foi ajoelhar-me e render graças a Deus. Depois deitei-me na relva para descansar de tanto esforço e tantas emoções. Estava tão fatigado que dormi imediatamente, só acordando no dia seguinte. Ergui-me e galguei um morrote próximo, para verificar em que ponto da ilha me achava. À direita pude reconhecer algumas árvores já vistas durante as explorações anteriores. Isso me indicou que a casa de verão estava perto.

O mar havia me deixado doente, de modo que um longo descanso naquele ninho de verdura vinha grandemente a propósito. Assim, de guarda-sol aberto, lá me fui na direção do vale das laranjeiras. Cheguei já noite e deitei-me para dormir.

De repente ouvi dentro da escuridão, meio acordado e dormindo como ainda estava, uma voz dizer claramente:

— Robin Crusoé, Robin Crusoé!

— Será sonho? — pensei, arregalando os olhos. Não era. Ouvi novamente, bem claro, a voz chamar: — Robin Crusoé!

Pus-me em pé dum salto, com o coração aos pinotes. Quem no mundo poderia pronunciar meu nome naquele lugar deserto?

Mas vi logo o que era. Vi o vulto do meu papagaio, num pau rente ao meu ombro.

— Pobre Robin Crusoé, pobre Robin — continuou ele, enquanto me olhava com ternura.

Eu o fiz pousar no meu dedo, como era seu costume, e aproximei-o de mim. Deu-me bicadas amigas no rosto, sempre repetindo aquelas palavras que tanto me haviam assustado e outras que sabia:

— Robin, pobre Robin Crusoé, onde você andou hoje?

Eu estava admirado de encontrá-lo ali, visto como o tinha deixado no castelo. Perguntei-lhe:

— Como veio você parar aqui, Poll?

Poll respondeu repetindo ainda uma vez o meu nome.

Fiquei convencido de que o papagaio tinha amor por mim e, de volta ao castelo, levei-o pousado no meu ombro.

Sinto-me feliz como um rei

Farto de aventuras, deixei-me ficar no castelo com os meus amiguinhos, o papagaio, o cachorro, o gato, as cabras e cabritos. Anos antes havia começado essa criação, estando agora com um lote de três bodes e quarenta cabras. Conservava-os em três diferentes cercados, que havia feito no sopé do morro onde se erguia meu castelo.

Essas cabras melhoraram muito minha vida, graças à abundância de leite que me forneciam, cinco, dez litros diários.

Antes de dar com o costado na ilha, jamais eu tirara leite de vaca e muito menos de cabra. Também nunca tinha visto fazer queijo, mas acabei tendo quanto queijo e manteiga queria.

Depois do jantar era meu costume sair para uma volta por perto, a dar uma última vista d'olhos pelas minhas coisas. Como me sentia orgulhoso! Chegara sem nada,

quase morto, e possuía agora tudo aquilo. Era um rei num reino sem súditos.

Se vocês me tivessem visto por lá haviam de rir-se, se é que não sentissem medo. Um gorro muito sem jeito na cabeça, colete e calças largas de peles. Nada de meias e sapatos. Apenas um esquisito par de sandálias de couro nos pés, amarradas com correias. Em redor da cintura, um largo cinto de couro. No cinto, porém, nada de espada ou pistola, e sim um serrote e um machete. Noutra correia a tiracolo trazia o chifre de pólvora e o saquinho de chumbo. Nas costas, um cesto; ao ombro, a espingarda; e sobre a cabeça, aquele peludo guarda-sol. Era esse o traje usual de passeio do rei daquele reino.

Meu rosto se tornara escuro como mogno, de tão queimado pelo sol e pelos ventos. A barba cresceu tanto que começou a atrapalhar-me. Podei-a sem dó. Mesmo assim fiquei um barbaças respeitável. Parecerá exótica a pintura, mas melhor guarda-roupa era impossível naquele deserto. Tirando isso, sempre me conservei asseado e respeitável, embora não houvesse ninguém no reino para respeitar o seu rei.

Meus jantares eram uma cena. Rei, dono de tudo na ilha, Sua Majestade Robinson sentava-se à mesa sozinho, como os reis fazem. Todos os mais da corte ficavam olhando.

Ninguém tinha licença de falar, a não ser o papagaio, que pousava no espaldar do meu trono. O cachorro, tão velho que vivia dormindo, sentava-se à minha direita. Os dois gatos ficavam de cada lado da mesa, esperando que me lembrasse deles. Eram já filhos ou netos daquele casal encontrado no navio.

Viro padeiro

Já contei das minhas plantações e dificuldades encontradas para obter qualquer coisa. Nenhuma, porém, custou-me tanto como organizar minha padaria.

Não sabia lidar com pão, nunca houvera prestado atenção nisso, de modo que tive de aprender tudo comigo mesmo, à custa de muito trabalho e erros.

Meu centeio era de ótima qualidade, graúdo e macio. Cozido com carne, dava excelente sopa. Mas eu queria tê-lo sob forma de pão. Para isso tive, antes de mais nada, de moer os grãos — e foi uma tragédia.

Tentei fazê-lo esmagando-os entre pedras. Falhou a tentativa. A pedra se esfarelava e misturava areia na farinha. Procurei pedras mais duras, sem resultado.

Experimentei o pilão. Construí um pilão da madeira

mais dura da ilha, escavando-a a formão e fogo, como fazem os índios. Fui feliz. O pilão deu certo, de modo que nele pude moer o meu centeio.

Preparar a massa era simples. Tinha apenas de misturar a farinha com água e amassar. Fermento não podia obter; fui obrigado a passar sem ele.

Cozer o pão foi outra tragédia. Tive de fazer numerosas tentativas e perder muito trabalho e muita massa. Primeiro procurei assar meus pães na brasa. Não prestou. Queimava e sujava muito.

Lembrei-me de outra coisa. Fiz dois grandes tabuleiros de barro e queimei-os até ficarem como pedra. Depois construí uma tripeça onde esses tabuleiros pudessem descansar.

Pronta essa parte, juntei lenha dura e acendi um belo fogo, que apaguei, conservando só as brasas. Pus então minhas bolotas de massa arrumadinhas sobre o tabuleiro, cada qual recoberta por uma panela de barro; coloquei o tabuleiro sobre as brasas e espalhei brasas por cima das panelas.

E fiquei vigiando. De vez em quando levantava uma das panelas para ver se o cozimento estava perfeito. Quando me pareceu que sim, tirei fora um dos pães e provei-o. Ótimo! Duvido que na Inglaterra houvesse pão mais bem assado que aquele.

Depois de resolvido o problema de assar pão, aperfeiçoei-me na arte de outros assados — e tive sempre na minha mesa jantares completos de "forno e fogão".

Senti-me mais feliz depois que consegui pão. De que

mais necessitava agora? Tinha tudo — e, o que não tinha, teria; era só querer. Não há o que o trabalho não consiga.

Com o crescimento de minhas coisas, o castelo foi-se tornando pequeno. Tive de continuar a escavação da rocha, abrindo vários outros compartimentos, todos ligados entre si por portas.

O maior e mais seco ficou sendo o depósito geral. Aí guardava minhas vasilhas de barro, meus cestos de centeio e arroz etc.

A sala de estar era pouco espaçosa, mas muito confortável.

As mudas que plantei ao longo da estacada haviam crescido, de modo que o aspecto exterior do castelo era, além de muito original, o que havia de agradável aos olhos.

Perto ficavam minhas terras de plantar, divididas em dois campos, e os cercados das cabras.

Além disso, tinha a casa de verão no vale das laranjeiras. Armei lá um toldo de lona que me abrigava das intempéries como se fosse um telheiro. Debaixo do toldo preparei um coxim de peles, forrado dum lençol. Aí dormia ao ar livre nas noites quentes.

Também plantei ao longo da cerca mudas daquele pau que brotava, de modo a ter com o tempo uma muralha viva e eterna.

Para quem havia aportado ali com a roupa do corpo, um cachimbo, um rolete de fumo e um canivete, era muito tanta riqueza, não?

Sinais na areia

Quando fazia bom tempo eu costumava ir ao lado da ilha ver a canoa, saindo nela a passeio pela costa. Tais curtas excursões constituíam para mim um real prazer. Numa dessas vezes qualquer coisa de estranho me aconteceu. Ia distraído a olhar para o chão quando... imaginem o que encontrei? A marca dum pé humano impressa na areia da praia.

Esfriei; parecia que o sangue se houvesse gelado em minhas veias. E ali fiquei paralisado, como quem dá com fantasma.

Olhei em redor, escutei — nada. Subi ao alto dum pequeno morro e espiei de lá em todas as direções — nada, nada. Andei toda a praia dum extremo a outro e ainda nada vi.

Voltei atrás para examinar o rasto novamente. Quem sabe se não teria sido ilusão dos meus olhos? Não era ilusão. O rasto llá estava como eu o havia visto — a marca do calcanhar, da sola e dos dedos de um pé humano.

Meu espírito atordoou-se de pensamentos e perguntas. Que criatura poderia ter deixado semelhante marca na areia? Quem era ela? Como tinha chegado até ali?

Tão amedrontado fiquei que desisti do passeio de canoa e voltei ao castelo a toda pressa. Precisava preparar-me para a defesa. Não pude dormir essa noite: mil pensamentos, filhos da incerteza, atormentavam-me. Por fim assentei comigo mesmo que o rasto só podia ser de algum índio que houvesse desembarcado na ilha. Tinha vindo, talvez, daquela terra avistada a cinquenta milhas distante. Talvez tivesse vindo sozinho. Talvez com muitos outros da sua tribo. Mas onde estava ele ou estavam eles, tamanho foi meu medo que passei três dias sem arredar pé do castelo. Cheguei a passar fome, porque nessa ocasião só havia uns três ou quatro pães de reserva, na cozinha.

Pouco a pouco, entretanto, fui sossegando. Criei coragem e saí. Fui com mil precauções, escondendo-me o mais que podia, até o cercado das cabras para conseguir um pouco de leite. Os pobres animaizinhos ficaram tão contentes de me ver...

Tudo isso porque havia enxergado na areia a marca de um ser da minha espécie! A coragem, afinal, voltou inteira e tratei de reforçar a defesa do castelo. Se fosse atacado por índios, havia de defender-me heroicamente.

Carreguei muita terra e muita pedra e fiz uma trincheira rente ao cercado. Já era o que havia de forte esse cercado, e com a trincheira a segurança dobrou. Nada poderia romper aquela muralha de paus-a-pique, de árvores, de terra e pedra.

Em vários pontos fiz buracos por onde passasse o cano duma espingarda. E ajeitei neles as cinco espingardas que possuía, sustentadas por forquilhas e bem carregadas. Desse modo podia disparar todas as armas em menos de dois minutos.

Um mês durou esse trabalho de fortificação do castelo e não parei enquanto não vi tudo como desejava.

Por dois anos vivi sobressaltado e durante todo esse tempo nunca deixei de cuidar da minha segurança, pondo em prática todas as ideias que me acudiam. Fiz, por exemplo, novo cercado num ponto impossível de ser descoberto e meti nele dez cabras. Se os selvagens aparecessem e destruíssem a criação do vale das laranjeiras, aainda eu salvava aquelas.

Tudo isto, todo este trabalho de dois anos, toda esta constante inquietação, só porque vi impressa na areia a marca do pé dum meu semelhante!

Novos sustos

Cinco ou seis anos correram sem que eu descobrisse outra marca de pé como aquela. Meu medo passou duma vez, mas devo confessar que já não vivia sossegado como antes. Qualquer barulho suspeito causava-me sobressalto.

Meu raciocínio era este e não podia ser outro: se índios selvagens haviam estado uma vez na ilha, era provável que voltassem. Em vista disso tinha de manter-me em constante vigilância.

Por essa época o rebanho de cabras aumentara de tal modo que precisei cercar novo campo, não ao lado dos existentes, mas num sítio bem escondido. Sempre a ideia de defesa contra os índios.

Toca a procurar o sítio bem escondido. Para isso creio que andei pela ilha inteira, nunca satisfeito com o que achava. Estava nesse empenho quando, ao subir a umas pedras donde se avistava o mar, percebi ao longe uma canoa.

Era um pontinho no mar imenso. Aparecia e desaparecia, segundo o movimento das ondas. Eu tinha salvado do navio um óculo de alcance, mas estava no castelo. O que eu não daria para tê-lo nas mãos naquele momento!

Desci da pedra, cheio de apreensões, e tomei rumo do castelo. De repente parei, com sangue gelado nas veias, como naquele dia. É que dera com outros rastos humanos, não dois ou três, mas centenas. Fiquei paralisado de terror.

Os rastos não eram tudo. A praia naquele sítio estava coberta de ossos e pedaços de carne, como num matadouro. Alguns ossos eram frescos, outros carbonizados por fogo recente.

— Aqui neste lugar selvagens estiveram em banquetes — murmurei comigo.

Pouco adiante descobri um buraco onde haviam feito fogo. As cinzas ainda estavam quentes.

Que festa teria sido aquela! De canibais, com certeza, de índios antropófagos, que devoram os prisioneiros...

Tremi ao pensar nisso.

Voltando as costas àquele lugar horrível, disparei para o castelo.

Corri como se todos os canibais do mundo estivessem a perseguir-me. Por fim não pude mais. Minhas pernas fraquearam e fui ao chão.

Quando recobrei as forças, vi que estava perto do castelo; tudo em redor em perfeita paz e eu salvo. Com lágrimas nos olhos, ajoelhei-me e rendi graças a Deus. Agradeci-

-lhe o ter-me conservado vivo e com saúde tantos anos. Agradeci-lhe o ter sido lançado na parte da ilha onde os selvagens nunca vinham. Agradeci-lhe todos os recursos e felicidades de que havia gozado.

Depois me levantei e fui para o castelo.

Lá, pus-me a refletir que passara na ilha dezoito anos antes de encontrar o primeiro sinal de índio. Era possível que passasse outros tantos sem que nada de mau me acontecesse.

Animado por este pensamento, deitei-me na rede e pude, afinal, dormir.

Mas passei muito tempo sem visitar o outro lado da ilha. Cheguei a esquecer da canoa. Vivia sossegado, com as minhas cabras e os outros amigos, sempre ocupado nisto ou naquilo, mas sem me afastar da fortaleza.

Nova descoberta

Toda semana costumava ir ver as cabrinhas postas no cercado oculto. Levava comigo a espingarda, mas não dava tiros. Desde o dia da descoberta dos rastos humanos nunca mais ousei dar um tiro. Também evitava fazer fogo no castelo — a fumaça poderia denunciar-me. Levei minhas panelas e outros utensílios para aquele recesso impenetrável e lá cozinhava.

Um dia fiz uma descoberta que muito me alegrou.

Imaginem o que foi, se são capazes! Uma caverna, uma caverna de verdade. Uma caverna de entrada tão escondida que só poderia ser descoberta por quem andasse em procura dela.

Como, então, a descobri?

Já fiz referência ao meu medo de acender fogo no castelo por causa da fumaça. Para remediar isso tratei primeiramente de descobrir lenha que ardesse sem fumo. Não o conseguindo, tratei de fabricar carvão, porque o carvão arde sem fumo.

Procurei um lugar no mais fundo da floresta onde a fumaça dificilmente alcançasse o topo das árvores. Aí construí minha carvoaria. Limpei o mato numa área de cem pés quadrados. Depois cavei a terra a um pé de fundo e enchi esse buraco de madeira arrumada em pilha, da altura de um homem. Em seguida cobri tudo com espessa camada de terra, deixando apenas uma abertura embaixo.

Feito o que, acendi fogo pela abertura. A pilha de lenha ardeu inteira, transformando-se em carvão. Resolvi desse modo o meu problema de cozinha sem fumaça.

Um dia, estando a cortar lenha para carvão, descobri por acaso uma boca de furna escondida atrás duma árvore, tão tomada de ervas e folhas secas que era quase imperceptível.

Tirei as ervas e as folhas secas, e espiei. Entrava fundo pela rocha. Meti-me por ela de rastos e vi que se ia alargando a ponto de me permitir ficar de pé. A escuridão era completa; tive de parar e esperar um tempo até que meus olhos se acostumassem. Assim que pude enxergar um bocadinho, vi uma coisa que me fez dar um pulo para trás e fugir dali, tomado de pavor. Dois olhos brilhavam na escuridão, como duas brasas.

Fora da gruta, parei para raciocinar.

Tinha visto dois olhos. De gente não seriam, porque não era lugar habitado. De fera também não seriam, pois que jamais se encontrara por lá.

Assim raciocinando, acendi uma acha de lenha e voltei à gruta. Outro susto. Mal entrei, ouvi um gemido. Parei. Um frio desagradável me correu pela espinha. Mas não recuei. Espichei o braço onde tinha a acha acesa e procurei descobrir o que era.

Sabem o que era? Um grande bode, que me desaparecera do rebanho uma semana antes. Estava deitado no chão, sem poder erguer-se. Velho e doente como se achava, tinha se escondido ali para morrer em paz. Levei-lhe capim e água; o pobre animal estava no fim; nada quis.

A gruta, embora um homem pudesse nela manter-se de pé, pareceu-me pequena e incômoda. Talvez para adiante se alargasse, mas, como a minha luz estivesse no fim, retirei-me.

A gruta

No dia seguinte voltei, levando comigo seis velas grandes. Velas, sim, porque fabriquei boas velas de sebo na ilha, usando como pavio linha torcida, tirada de trapos.

Acendi duas velas e entrei. O bode já estava morto e frio. Antes de mais nada tirei-o dali e enterrei-o. Em seguida prossegui na exploração. Fui caminhando, passei o ponto onde havia estado na véspera e, atravessando uma passagem tão estreita que tive de arrastar-me pelo chão, dei, por fim, numa segunda gruta, de espaço suficiente para abrigar mais de cem homens. Parecia um grande salão de velho castelo da Escócia. O teto ficava a vinte pés de altura, pelo menos. As paredes brilhavam à luz das velas, como polvilhadas de estrelas. Se eram diamantes ou ouro, ou outro qualquer metal precioso, não pude saber nem nunca o soube depois.

O chão era nivelado e seco, recoberto duma areia muito branca. Aquela descoberta desafogou-me a alma. Nem de encomenda poderia ter encontrado melhor e mais seguro depósito para as minhas riquezas.

Verificando que a gruta acabava ali, dei por fainda a exploração e voltei ao castelo, a correr. Vi que ainda me restavam sessenta libras de pólvora; tratei de levá-las à gruta sem demora, como a coisa mais preciosa que eu possuía. Pólvora e chumbo significavam a segurança da minha vida.

Tive nesse dia a sensação de ser um desses anõezinhos dos contos de fadas, que vivem em cavernas ocultas aos olhos de todo o mundo, onde montam guarda a riquíssimos tesouros.

Que poderiam agora cem selvagens contra mim? Estava eu finalmente seguro de todos os perigos. Mudei todas as minhas coisas para lá, resolvido a nunca mais sair, se fosse preciso.

Quando tudo ficou arrumado, tapei a entrada, com galhos secos e paus podres, e voltei ao castelo. Com que prazer revi minha velha morada de vinte e três anos! Tudo ali eram recordações do passado. Malditos selvagens!

Muito tempo eu gastava com o papagaio Poll, a ensinar-lhe frases. Tinha a ilusão de conversar com ele. Viveu comigo dezesseis anos, isto é, até morrer.

Gatos, como já disse, só conservara dois comigo. Os mais andavam pelo mato, vivendo por conta própria, inteiramente selvagens. Também havia conseguido umas aves que faziam as vezes de galinhas. Apanhei-as quando filhotes e amansei-as. Vinham comer em minha mão. Nunca soube que qualidade de aves eram. Tinham o tamanho das galinhas comuns e dormiam num poleiro defronte do castelo. Lá armavam seus ninhos, donde eu sempre recolhia ovos em abundância.

Era ou não uma felicidade viver tão cheio de coisas como eu vivia? Seria uma felicidade perfeita se... se não fosse o constante receio dos canibais.

Selvagens

Certa manhã, saí de casa muito cedo para ceifar meu centeio que estava maduro. Fazia tanto calor nessa estação que eu só trabalhava pelas manhãs, levantando-me de madrugada. Estava escuro ainda e se eu não errava o caminho é que já o sabia de cor e salteado, tantas vezes tinha seguido por ele. Em meio do trajeto parei, surpreso. Havia visto ao longe a luz duma fogueira.

Quem teria acendido fogo em minha ilha? Os selvagens, sem dúvida.

Fiquei imóvel, a olhar. Imaginem se eles avistam os meus campos de centeio. Imediatamente haviam de concluir que alguém os havia plantado — e nunca mais sossegariam até que me descobrissem.

O escuro da madrugada não me permitiu ver nada além da luz da fogueira, a duas milhas de distância. Voltei ao castelo e, depois de transpor o cercado, pus a escadinha para dentro.

Carreguei todos os meus canhões, que era como chamava as espingardas postas nas seteiras. Preparei-me como melhor pude e fiquei à espera de ser sitiado pelos índios.

Como demorassem a vir, espiei se já estavam perto. Nada. Duas, três horas se passaram e nada de o inimigo aparecer. Comecei a pensar que talvez me tivesse enganado, e que o fogo surgisse por algum acidente, nada tendo que ver com os índios. Não me pude conter naquela incerteza e saí com a ideia de trepar ao ponto mais alto da muralha. Já havia feito isso uma vez e sabia o jeito. Tinha de usar a escadinha em diversos pontos, onde a rocha era lisa demais e sem ressaltos, em que pudesse firmar o pé.

Trepei ao topo, levando comigo os sóculo de alcance. Lá em cima deitei-me e pus-me a sondar os longes através da luneta. Vários selvagens nus estavam sentados em redor dum pequeno fogo. Contei nove. Aquele fogo não seria para se aquecerem visto não estar frio. Logo, estavam assando qualquer coisa, talvez carne humana, já que eram canibais.

Na praia próxima vi, em seco, a canoa em que haviam vindo. A maré estava baixa; eles com certeza esperariam que a maré montante crescesse e flutuasse a canoa, para então regressarem.

No topo da pedra, sempre de sóculo nos olhos, esperei até que a maré crescesse e, como havia previsto, vi que voltavam à canoa e lá se foram. Dirigiram-se para o outro lado da ilha.

Assim que se foram, corri a outro ponto mais alto, donde poderia ver a direção que levava a canoa. Trazia comigo duas espingardas ao ombro, duas pistolas à cintura e ainda uma espada nova. Se vocês me vissem, haviam de correr de medo.

Custou-me galgar o morro, mas galguei-o e lá o pude, através dos sóculo de alcance, enxergar a canoa costeando a ilha. Ninguém imagina o meu espanto vendo mais duas canoas partirem de outro ponto da ilha para se juntarem àquela. É que outro grupo de selvagens estivera banqueteando-se justamente naquele ponto, onde anos atrás eu havia descoberto o misterioso rasto.

Acompanhei as canoas (eram cinco) até perdê-las de vista; depois fui ter ao lugar do banquete.

Horrendo quadro chocou meus olhos. A areia estava coberta de sangue e ossos. Não havia dúvida de que tinham matado um prisioneiro e devorado sua carne. Revoltado com o horror, resolvi não permitir que tais cenas se repetissem em meus domínios. Enterrei os ossos na areia e fui para o castelo.

Desde essa época nunca mais me senti seguro na ilha. Deixei de caçar com espingarda e de fazer fogo. Também encurtei muito os meus passeios, não me alongando do castelo mais de meia milha.

De dia só pensava em meios de escapar aos selvagens e de noite sonhava horríveis sonhos, cheios de cenas de canibalismo.

Novo naufrágio

Em maio houve formidáveis tempestades na ilha. Choveu sem parar, de dia e de noite, durante todo aquele mês — chuva violentíssima, acompanhada de furacão, relâmpagos que cegavam e trovões medonhos.

Acostumado como estava com os temporais da ilha, não liguei importância àquele. Fiquei no castelo, feliz de ter tal morada para abrigar-me. Pus-me a ler a Bíblia, à luz duma pequena lâmpada de cabeceira. Súbito, um rumor estranho feriu-me os ouvidos — um tiro de canhão no mar.

Pulei em pé. Vesti um capote de peles e galguei meu ponto de observação no topo da muralha de pedra. A chuva tinha cessado e o vento diminuído muito. Assim que lá cheguei, brilhou no escuro um clarão, seguido, alguns segundos após, do som de outro tiro. Parecia vir da parte do mar onde eu estivera em perigo de vida, com a canoa arrastada pela corrente marinha.

Compreendi imediatamente que tais tiros só poderiam partir dum navio ameaçado de desastre. Talvez estivesse sendo arrastado para a costa por uma daquelas correntes. Poderia dar eu algum auxílio aos pobres marinheiros?

Com muita dificuldade juntei lá em cima lenha seca e acendi uma fogueira, cuja luz clareou a ilha numa grande distância. Se houvesse marinheiros a bordo não poderiam deixar de ver o sinal.

Assim foi, pois em resposta ao meu sinal dispararam logo outro tiro de canhão.

Conservei a fogueira acesa toda a noite, mas não vi nem ouvi nada além do uivo do vento sacudindo as árvores.

Quando amanheceu e o sol dissipou a cerração, apontei os sóculo para o lado dos tiros. Muito longe da praia percebi qualquer coisa, não podendo distinguir se era navio navegando ou destroços dum navio desarvorado.

Notei, afinal, que não saía do mesmo ponto. Estaria ancorado? Resolvi vê-lo mais de perto. Armei-me das espingardas e parti. Chegando ao ponto da ilha fronteiro às correntes marinhas, trepei a uma rocha alta donde pudesse ver longe. O ar já varrido, da cerração formada pelo temporal, permitiu-me ver claramente o navio. Não estava ancorado, não.

Estava, sim, encalhado num dos muitos rochedos que emergiam ali. Mastros e casco partidos.

Meu pensamento foi para os marinheiros que o tripulavam. Era impossível que todos houvessem alcançado terra, num trecho de mar tão perigoso como aquele. Mas talvez um ou dois tivessem escapado, como acontecera a mim.

E, tomado de grande emoção, com lágrimas nos olhos, pus-me a procurar o novo Robinson. O que não daria para encontrar esse companheiro o Robinson número um, que ali passara vinte e tantos anos sem nunca ter visto face humana!

O mar se acalmara; até em redor dos recifes as águas se mostravam mansas. Vendo as condições favoráveis, resolvi tomar a canoa e aproximar-me do navio.

Corri ao castelo para preparar-me com o que fosse necessário. Enchi um cesto de pão, enchi um pote d'água, pus no bolso a bússola e não me esqueci também de arrumar um saco de passas. Assim carregado, dirigi-me para o ponto onde estava escondida a canoa. Abandonada havia muito tempo, encontrei-a com muita água. Foi um trabalhão para esvaziá-la. Depois arrumei tudo dentro, sem esquecer o guarda-sol; estiquei a vela, tomei o remo que servia de leme e lá fui. Como já conhecia o perigo daquelas paragens, fiz-me o mais cuidadoso possível, sempre de olho nas duas correntes marinhas.

O navio perdido

Após mil cautelas aproximei-me do navio, levando duas horas para alcançá-lo. Estava entalado entre dois recifes e parecia uma nau espanhola. O temporal o escangalhara por completo, só respeitando o casco.

Quando minha canoa rentou o navio, uma cabeça de cachorro apareceu a bordo, latindo desesperadamente. Chamei-o. O pobre animal lançou-se à água e veio ter comigo. Eu o pus na canoa e vi que estava pendendo de fome e sede. Felizmente havia ali água e comida para contentar cinquenta cães.

Em seguida tratei de entrar no navio. Horrendo espetáculo! Tudo destruído pelo furor do temporal. Na cozinha encontrei dois cadáveres de marinheiros. Vi que os que não foram varridos de bordo pelos vagalhões tinham morrido ali dentro, afogados. Só escapara o cachorro.

Encontrei algumas canastras de marinheiros, que, com muito trabalho e sem saber o que tinham dentro, resolvi levar para terra.

Além dessas canastras, achei uma pá de ferro e uma torquês, objetos que sempre me fizeram muita falta na ilha.

Era hora de a maré subir. Tinha de retirar-me.

Pus os salvados na canoa e, em companhia do novo amigo cão, velejei para terra. O sol ia morrendo quando amarrei meu barco no ancoradouro.

Estava cansado demais para fazer qualquer outra coisa nesse dia. Jantei, enchi o papo do cachorro e tratei de dormir ali mesmo, dentro da canoa.

Ao acordar na manhã seguinte, o meu primeiro pensamento foi esconder perto da canoa os novos achados, visto que seria penoso levá-los assim às pressas para o castelo.

Abrindo uma das canastras encontrei várias coisas que muito me alegraram, entre elas vidros de doces, alguns estragados pela água do mar, outros em perfeito estado. Na segunda encontrei camisas que me serviam muito bem e dúzia e meia de lenços.

Foi um achado feliz, pois nunca eu pudera resolver o problema de enxugar o rosto nos dias escaldantes. Numa gaveta secreta encontrei vários saquinhos de dinheiro espanhol, ao todo mil e cem moedas de prata.

Num deles havia ainda seis moedas de ouro, valendo cerca de três libras esterlinas.

Era pouco para o trabalho que eu tivera e o perigo que

havia corrido. Muito mais que esse dinheiro me valeria um par de sapatões ou meia dúzia de meias.

Depois de guardar os novos salvados numa furna de pedra, voltei ao castelo, onde tudo encontrei na ordem de sempre.

E minha vida continuou na sua marcha do costume.

Um estranho sonho

Mais dois anos se passaram sem novidades. Tanta paz me convenceu de que nada mais ali por diante viria perturbar o sossego da minha vida. Mas estava errado, como vocês verão.

Numa noite de março, noite de chuva, perdi o sono. Fiquei horas na rede, a virar-me dum lado para outro sem conseguir pregar os olhos. Minha cabeça fervia de pensamentos.

Tudo que se passara comigo, desde o naufrágio até aquele momento, me veio à memória. Recordei os primeiros anos na ilha, felizes, sem cuidados. Recordei os anos de inquietação que se sucederam ao encontro do primeiro rasto humano na areia.

Pensei muito no meu intenso desejo de rever a Inglaterra e ter companheiros com quem pudesse conversar. Um

pensamento puxava outro; pensei também nos selvagens, formulando mil questões a respeito deles.

A que distância dali estaria a terra donde vinham?

Por que vinham de tão longe comer prisioneiros em minha ilha? Que espécie de canoas usavam?

E assim, a saltar duma ideia para outra, fiquei acordado até noite alta. Meu pulso batia mais apressado que de costume, a respiração ia-se tornando difícil, e meus nervos sentiam-se irritados.

Por fim, exausto desse trabalho cerebral, dormi.

Os mesmos pensamentos que me haviam perseguido durante a vigília continuaram a torturar-me no sono, sob forma de pesadelos.

Sonhei que estava sentado na praia com a espingarda de um lado e o guarda-sol de outro. E que nunca me sentira tão triste e solitário. E que nunca tornaria a ver minha terra e meus amigos.

Súbito, erguendo os olhos, vi duas canoas vogando em direção da ilha. Corri dali e ocultei-me numa moita próxima.

Eram onze os selvagens e traziam um prisioneiro amarrado, que vinham devorar naquela praia. Assim que chegaram, porém, o prisioneiro escapou e fugiu, dirigindo-se para a minha moita.

Vendo-o só, levantei-me e fui ao seu encontro, sorrindo e dando outras demonstrações de que era amigo.

O pobre selvagem lançou-se de joelhos aos meus pés. Parecia pedir socorro.

Mostrei-lhe minha escadinha e fiz-lhe sinal para que trepasse ao alto da muralha de pedra. Depois o introduzi no castelo e conservei-o como servo.

Lembro-me que nesse sonho gritei com grande alegria: "Agora escaparei desta ilha levando este selvagem como piloto".

"Ele me conduzirá ao continente e guiar-me-á. Ele me ajudará a rever minha terra e minha gente."

Este pensamento me causou tanta alegria que acordei. Que decepção! Tudo sonho, apenas sonho...

Por diversos dias senti um grande abatimento e uma enorme desesperança. Volta e meia lembrava-me do sonho, dizendo: "Se ao menos pudesse agarrar um selvagem e ensiná-lo a ter-me estima, tudo se mudaria para mim. Poderá ser um destes prisioneiros que vêm ser devorados aqui. Se salvo a um deles, certo que me ficará agradecido e acabará meu amigo.".

Esta ideia tomou tal corpo em meu espírito que nunca mais me livrei dela. Acordado ou dormindo, só pensava naquilo. Todos os dias punha-me a espiar a costa, na esperança de que viessem os selvagens. Eu, que tanto pavor tinha deles, desejava agora revê-los com a maior ânsia da minha vida.

Ano e meio se passou assim, sem que nenhuma canoa de índio caísse sob meus olhos. Mas certa manhã de junho tive essa grata surpresa. Ia saindo do castelo quando vi várias canoas em seco na praia, a uma milha dali. Só vi as canoas. Os tripulantes talvez estivessem dançando entre as árvores.

Habitualmente vinham de quatro a seis em cada canoa, de modo que deviam ter desembarcado lá uns vinte e cinco ou trinta. Era muita gente para mim. Tive medo de atacá-los e voltei para o castelo, pondo-me na defensiva.

— Não é desta vez que apanho o meu índio — disse comigo. Lá estive um tempo, aguardando o ataque. Por fim cansei-me de esperar e fui espiar o que estariam fazendo.

Trepei ao alto da muralha de pedra e, através dos sóculo de alcance, pude avistá-los de novo. Contei treze apenas, inteiramente nus, a dançarem em redor dum fogo. Estavam assando carnes nas brasas — não sei se carne humana ou não.

Em certo momento alguns deles dirigiram-se às canoas e trouxeram de lá, arrastados, dois pobres prisioneiros. Todos se reuniram em torno dos míseros; em seguida mataram um, a pau, e num instante o fizeram em postas, com as facas. O outro ficou à espera da vez, mas de repente disparou na corrida. Nunca vi ninguém correr assim! E veio na direção do castelo.

Fiquei grandemente excitado, vendo que meu sonho estava virando realidade. Era capaz até de esconder-se naquela mesma moita. Mas o resto do sonho se realizaria?

Continuei a acompanhar a cena, excitadíssimo. Vi que só três canibais partiram em perseguição do fugitivo, que, aliás, tomara uma grande dianteira.

Entre o castelo e os selvagens havia um rio — o tal onde eu descarregara minhas jangadas. Se o fugitivo não conseguisse cruzar o rio a nado, certo que seria preso outra vez. Fiquei em suspenso, esperando.

Mas o rio não o atrapalhou. Apesar da largura muito aumentada pela maré, ele atravessou-o, veloz como um peixe. Nunca vi nadar assim!

Quando os três perseguidores alcançaram o rio, já o nadador ia longe.

— Chegou a hora de pegar o meu índio — disse eu comigo, tomando uma resolução enérgica.

Corri ao castelo em busca das espingardas. Nunca entrei lá nem saí tão rapidamente. Não pensei em perigos, não pensei em cautelas, só pensei em apanhar o meu índio.

Voei-lhe ao encontro e em menos dum minuto achei-me entre ele e os perseguidores.

— Deste lado! — gritei-lhe. — Corra para cá, que o defenderei! Está claro que o pobre índio não me entendeu uma palavra, mas viu-me e entendeu a linguagem dos meus gestos.

Não havia tempo a perder. Os perseguidores aproximavam-se. Avancei para eles, deitando por terra o que vinha na frente com uma coronhada na cabeça. Não quis atirar para não atrair a atenção dos outros.

Nisto o segundo chegou, de língua de fora, arquejante. Ao ver-me, estacou, como que apavorado. Avancei, de espingarda em pontaria, mas sem intenção de atirar. Nisto percebi que estava armado de arco e ia botando uma flecha na corda.

Que fazer senão atirar? Atirei.

O terceiro não me apareceu. Havia desistido da perseguição e voltado para o grupo.

Livre dos dois canibais, corri os olhos em volta, em procura do fugitivo. Lá estava no mesmo ponto, olhando-me com os olhos arregalados. O estrondo do tiro o espantara tanto que estava como magnetizado.

Chamei por ele:

— Venha cá, amigo. Não farei mal nenhum a você.

Como não entendesse, traduzi essas palavras na língua dos gestos. Ele caminhou uns passos para o meu lado e parou, indeciso. Fiz outro sinal. Caminhou mais uns passos e parou outra vez. Tremia como geleia, o coitado. Receava que eu o matasse, como havia matado os seus perseguidores.

Mas meus gestos foram convencendo-o de que não estava diante dum inimigo, e por fim chegou-se. Chegou-se e ajoelhou-se aos meus pés, curvando a cabeça até encostá-la na terra e fazendo-me apoiar o pé no seu pescoço. Era a sua maneira de jurar submissão para sempre.

Eu o fiz erguer-se e falei-lhe mansamente, em tom amigo.

O sonho transformara-se em realidade. Estava eu, enfim, livre da minha solidão de vinte e cinco anos.

Sexta-Feira

Selvagem como era, falou uma porção de coisas que não entendi. Mas que linda achei sua voz e como me foi agradável ouvir de novo a palavra humana!

Depois apontou para os dois canibais que jaziam mortos a pouca distância. Compreendera como eu matara o primeiro, mas não podia entender a morte do segundo e, na dúvida, deu-me a entender que desejava verificar se estava mesmo morto ou fingindo-se morto.

Fiz sinal que sim, que fosse ver. Foi. Examinou o cadáver. Virou-o, moveu-lhe os braços, as pernas e ficou mais assombrado. Não podia compreender aquela morte.

Depois tomou as armas do defunto e as trouxe para mim. Tomei essas armas e, rumando para o castelo, fiz-lhe gesto que me seguisse.

O índio entreparou um momento, apontando para os cadáveres. Com gestos perguntou-me se podia enterrá-los, antes que outros índios aparecessem e os descobrissem. Respondi que sim.

Fez o trabalho depressa. Num instante cavou com uma pá duas covas na areia e enterrou-os tão bem que era impossível perceber-se qualquer coisa. Vi logo como era hábil.

Em seguida foi comigo para o castelo. Ou melhor, não foi, porque em caminho mudei de ideia. Resolvi escondê-lo, e a mim também, na gruta de pedra do espesso da floresta. Lá estaríamos muito mais seguros.

Assim que chegamos dei-lhe um pedaço de pão e um punhado de passas. Dei-lhe também água — e o pobre, que estava morrendo de sede, bebeu um pote inteiro. Depois lhe indiquei o lugar onde havia uma camada de palha de arroz com um lençol por cima — cama onde eu costumava dormir às vezes. Compreendeu-me muito bem. Deitou-se e logo roncou em sono profundo.

Era um belo índio. Não muito grande, mas alto e forte. Cabelos compridos e negros. Testa alta e larga. Olhos muito brilhantes. Tinha a face redonda e cheia, o nariz bem formado, os lábios finos, os dentes alvos como marfim.

A pele não mostrava nem o tom negro dos africanos nem o tom amarelo dos índios do Brasil. Lembrava a cor das azeitonas. Depois de dormir cerca de uma hora, acordou, espiou para fora e, vendo-me perto a tirar leite das cabras, fez gesto perguntativo se poderia sair.

Respondendo que sim, veio e repetiu aquela cerimônia da submissão. Deitou-se por terra e colocou meu pé sobre sua cabeça. Queria dizer que só faria o que eu quisesse.

Ergui-o, dando-lhe a entender que estava muito satisfeito de tê-lo comigo.

Nesse mesmo dia comecei a ensinar ao meu índio a língua que eu falava. Era bem vivo, de modo que apanhou logo a pronúncia e significação de várias palavras.

Pus-lhe o nome de Sexta-Feira, pelo fato de o ter salvo numa sexta-feira.

As primeiras palavras que aprendeu foram "master", que foi como sempre me chamou, "sim" e "não".

À noite dei-lhe uma tigela de leite e um pedaço de pão, ensinando-lhe como tomar. Também lhe dei um bolo de centeio, que comeu com sinais de o achar muito bom.

Passamos a noite na gruta. Pela manhã levei-o ao castelo. Meu primeiro cuidado foi verificar se os índios haviam deixado a ilha. Subi ao alto da muralha de pedra e espiei pelo óculo. Não estavam mais lá, nem eles nem as canoas. Só restavam cinzas do fogo e os ossos das vítimas.

Resolvi chegar até aquele sítio. Dei uma das espingardas e uma espada a Sexta-Feira, que ainda levava às costas o arco e as flechas do canibal morto. Tomei duas espingardas comigo e lá fomos.

A areia da praia estava vermelha de sangue, com pedaços de carne e ossos aqui e ali. Fiz sinal ao índio para que enterrasse tudo.

Sexta-Feira deu-me a entender que eram cinco os prisioneiros trazidos para o banquete, e pela quantidade de ossos verifiquei que realmente quatro tinham sido as vítimas.

No dia seguinte armei uma tenda para o meu novo

companheiro dentro do castelo, em frente à porta do meu quarto de dormir. E, como não tivesse roupas, comecei a fazer-lhe um terno de pele.

Dei-lhe umas calças de brim das que achei na canastra do segundo navio e fiz-lhe uma jaqueta de pele de cabra. E gorro também, um lindo gorro de pele de coelho.

Era de ver o meu índio metido naqueles trajes! Mostrava-se muito orgulhoso da honra de ser vestido por mim, mas que desajeitado!

Sexta-Feira aprende muita coisa

Três dias depois das cenas atrás descritas levei Sexta-Feira à caça. Ao chegarmos em certo ponto dei com vários cabritos selvagens, descansando à sombra duma árvore. Fiz sinal de alto e tomando a espingarda apontei e — *pum!* Matei um dos cabritos e quase matei também o meu índio. Levou tamanho susto que se pôs a tremer todo.

Caiu-me aos pés, sem saber se estava vivo ou morto, implorando com gestos que tivesse piedade dele. Se tive! Nunca senti tanta piedade como naquele momento. Tomei-o pela mão e ergui-o, e rindo-me apontei para o cabrito morto. Assim que Sexta-Feira percebeu o que havia acontecido, foi correndo buscar a caça. Mais adiante dei com uma ave, que me pareceu gavião, repimpada num galho seco.

— Veja só isto, amigo Sexta-Feira — disse ao índio, enquanto apontava. *Pum!* A ave caiu. Não era gavião, e sim papagaio.

Sexta-Feira estava assombrado. Olhava para a espingarda e tremia. Por muito tempo nem a tocar na espingarda se animava. Só olhava para ela dum modo estranho, falando-lhe:

— Coisa maravilhosa, não me mate! Não me mate!

Naquele dia nada mais encontrei que merecesse outro tiro. Sexta-Feira levou o cabrito para o castelo, tirou-lhe a pele, esquartejou-o. Fiz um ensopado para o jantar. Ensopado que para o índio só tinha um defeito grave — ser salgado. Sexta-Feira nunca pôde acostumar-se a comidas salgadas.

No dia seguinte começou a trabalhar. Ensinei-lhe como debulhar as espigas de centeio e como pilar os grãos. Aprendeu depressa e bem. Depois ensinei-lhe a fazer pão — a amassar a farinha, a enformar a massa. Ficou tão perito que tomou conta da padaria, bem como de muitos outros serviços caseiros.

Sexta-Feira aprendeu a falar inglês bem depressa. Como era bastante vivo, dava-me prazer ensiná-lo.

Expliquei-lhe um dia o manejo da espingarda, como se carregava, como a pólvora explodia, como a bala saía do cano etc. Dei-lhe uma faca, que o contentou muito, e também um machadinho de trazer à cintura.

Contei dos grandes países do outro lado do mar e também contei toda a minha história. Disse como as gentes do meu país armavam navios para irem a terras distantes trocar coisas que têm por coisas que não têm. Disse que eu havia vindo num desses navios, o qual, batendo numa pedra, afundara.

E assim, com o tempo tomado pelo trabalho habitual e pela instrução do meu índio, nunca mais senti aquele medo que tanto me judiou. Os dias passavam-se felizes e posso dizer que foi o melhor ano da minha vida.

Frequentemente fazia Sexta-Feira falar de sua terra e sua tribo. Contou-me que homens brancos de compridas barbas negras costumavam aparecer por lá, para negociar com os índios.

Deviam ser espanhóis. Se eu pudesse chegar a essa terra, ser-me-ia fácil seguir para a Inglaterra. Esse era o meu grande sonho.

Contei-lhe da minha canoa, escondida na outra parte da ilha. Quem sabe se com ela poderíamos alcançar o continente? O índio quis vê-la. Levei-o lá. Pusemos a canoa n'água e saímos ao mar. Vi que remava muito bem.

— Que acha, Sexta-Feira? Poderemos cruzar o oceano nesta canoa, até alcançar a terra onde mora a sua gente?

Fez cara que não. Era muito pequena para a travessia.

— Tenho outra canoa, venha ver — e levei-o para o sítio onde estava o canoão que nunca pude mover do lugar.

Achou que servia, mas verificamos que já estava podre. Tinha vinte e cinco anos de idade o meu canoão!

— Muito bem, amigo Sexta-Feira. Faremos outra canoa do tamanho desta, uma canoa que possa levar você para sua terra.

O pobre índio olhou-me com ar triste.

— Está zangado com Sexta-Feira? Que é que Sexta-Feira fez para Master? — perguntou ele.

— Não zangado, não zangado — respondi.

— Então por que quer mandar Sexta-Feira para a terra de Sexta-Feira?

— Por quê? Não disse você outro dia que desejava voltar para lá?

— Sim, sim. Sexta-Feira quer voltar junto com Master. Sozinho, não.

— Mas que é que eu poderia fazer lá?

— Master pode fazer muito. Pode ensinar índio ser manso, conhecer Deus, não comer gente. Master pode muito.

— Não, amigo! — disse eu. — Você deve ir sozinho. Eu fico morando aqui, como sempre morei.

O pobre selvagem mostrou-se ainda mais triste. Tirou da cintura o machadinho e apresentou-o a mim. Não o entendendo, perguntei:

— Que quer que faça com isto?

— Tome — respondeu. — Mate Sexta-Feira.

— Homessa! Sexta-Feira é um amigo.

— Então por que manda Sexta-Feira embora? Melhor matar Sexta-Feira já.

Lágrimas corriam dos seus olhos enquanto falava. Vi que me amava realmente e que nunca me abandonaria. Disse-lhe então que nunca, nunca o deixaria ir sem mim.

Novo bote

Tendo resolvido construir o novo bote sem demora, saí no dia seguinte com o índio para escolher madeira. Era o que não faltava na ilha. Havia lá madeira suficiente para construir toda uma esquadra.

Mas eu precisava de madeira que, além do mais, estivesse o mais perto possível do oceano. Sexta-Feira achou uma árvore em condições. Derrubou-a e atorou-a. Quis abrir a canoa a fogo, como os índios usam, mas fiz-lhe ver que seria mais rápido e seguro escavá-la com a boa ferramenta que tínhamos.

Num mês ficou pronta essa magnífica e graciosa canoa. A tarefa de levá-la ao mar durou mais duas semanas. Flutuou muito bem. Dava para carregar vinte homens e fazia proezas nas mãos do índio. Era admirável como remava bem, o meu Sexta-Feira.

— Então, Sexta-Feira, acha que nesta canoa podemos afrontar o mar bravo?

— Sim, Master. Canoa aguenta os piores ventos.

Faltava o resto — armar o mastro, botar a vela, construir o leme, os remos, a âncora.

Nada foi difícil, exceto a vela. Os pedaços de vela de navio que ainda tinha comigo estavam já muito estragados pelos anos. Foi a custo que conseguimos uma vela, remendando os retalhos que ainda serviam. Fazer isso sem agulhas próprias foi trabalho de paciência que pôs a nossa em prova.

Custou mais preparar a feia vela de três pontas e o resto do que fazer a canoa. Levamos naquilo dois meses. Nunca fui bom carpinteiro, de modo que o leme saiu bastante desajeitado. Mas servia.

Sexta-Feira remava como ninguém; já de velas não entendia nada. Leme era novidade para ele.

Pronta a canoa, fizemos vários passeios e mesmo pequenas viagens pela costa, a fim de dar prática ao índio.

Tudo estava pronto para a grande viagem na direção do continente. Só faltava uma coisa — coragem de empreendê-la. Continuei a pensar, a pensar, sem ânimo de tomar a iniciativa.

Pelo tempo fazia vinte e sete anos que eu estava na ilha e dois que havia encontrado o índio. Esses dois últimos anos foram os mais felizes da minha vida. Que é que me faltava? Tinha tudo, até com quem conversar. Por que, então, essa ideia de deixar a ilha?

Saudades. Saudades da minha terra e do meu povo. Talvez ainda encontrasse velhos amigos e parentes.

Saudades eram o único sentimento que me fazia pensar em sair dali.

A canoa estava pronta. Eu podia deixar aquelas paragens quando quisesse. Tinha a certeza de que minha residência na ilha estava no fim. Uma espécie de pressentimento me dizia que meu último ano lá era aquele.

Apesar disso, continuei na vida de sempre, a fazer as plantações de costume, a cuidar de tudo como se tivesse de ficar na ilha a vida inteira.

Nisto chegou a estação das águas. Demos por findos os trabalhos de campo e guardamos a canoa naquele ponto do rio onde havia descarregado as jangadas. Sexta-Feira cavou umas docas para ela, com água suficiente para ficar boiando, mas de modo que maré nenhuma viesse incomodá-la.

Também a cobrimos com achas de madeira, de jeito que as águas das chuvas não a enchessem.

Nunca me passou pela ideia que essa canoa ficaria ali toda a vida, sem jamais ser utilizada.

Minha situação iria mudar completamente dentro de pouco tempo, como veremos.

Passamos a estação chuvosa no castelo, só saindo quando era indispensável. De manhã eu lia passagens da Bíblia, procurando interessar Sexta-Feira.

Falei-lhe um dia do Criador. Perguntei quem havia feito o mar, as montanhas, as florestas, tudo, enfim.

Respondeu-me que fora um Grande Ser, que vivia para além de tudo que existe. Creio que ele não poderia dar melhor resposta.

Sexta-Feira disse ainda que o Grande Ser era mais velho que o mar e a terra, a lua e as estrelas.

— Então — perguntei —, se esse Grande Ser fez todas as coisas, por que todas as coisas não o adoram?

Ele fez cara muito séria e, com os olhos a revelarem toda a inocência de sua alma, respondeu:

— Todas as coisas dizem OK para ele.

Desse modo o pobre índio acabou ensinando ao professor.

Aparece uma vela no horizonte

Tenho de pular por cima de muita coisa que aconteceu nesses últimos tempos para que esta história não fique demasiado longa. Vou contar apenas o grande acontecimento que encerrou a fase da minha vida na ilha.

Foi assim. Eu ainda estava dormindo no castelo certa manhã, quando fui despertado pelos gritos de Sexta-Feira lá fora:

— Master, Master! Um navio, um navio!

Pulei da cama como um relâmpago e pela primeira vez saí sem me lembrar da espingarda. Trepei à muralha de pedra.

De fato. A três milhas da costa avistei um bote de rumo à ilha. Aproximava-se rápido, trazido por uma vela em

forma de presunto. Não podia, portanto, ser embarcação de índio.

Depois notei que não vinha de alto-mar, e sim de um ponto sul da ilha. Desci ao castelo e disse a Sexta-Feira que se conservasse em casa quieto até verificarmos se eram amigos ou inimigos. E trepei de novo ao topo da muralha, com o óculo de alcance na mão. Logo pude ver ao sul da ilha um navio ancorado. Devia estar a cinco milhas do castelo e a três da praia. Parecia navio inglês; o bote também me lembrava os botes ingleses.

Era estranho aquilo. Os ingleses não tinham terras naqueles mares nem costumavam navegar por lá. Tempestade não houvera que pudesse ter arremessado o barco àquelas regiões.

Quanto mais pensava sobre o caso, mais confuso ficava. Por fim me firmei na ideia de que, se o navio era inglês, não estaria ali com bom fim.

Por esse tempo o bote ia chegando à praia. Pude ver seus homens distintamente. Ingleses, sem dúvida.

A maré ia no apogeu, de modo que o bote pôde entrar bastante terra adentro, parando a cerca duma milha donde eu estava.

Contei onze homens, todos armados de espadas, menos três. Logo que saltaram do bote vi que os desarmados eram prisioneiros. Traziam as mãos amarradas e vinham sob vigilância.

Assim que Sexta-Feira viu isso, exclamou, muito admirado:

— Oh, Master! Os brancos fazem o mesmo que os índios.

— Quê! Você pensa que eles vão comer os prisioneiros?

— Que dúvida! — respondeu o selvagem, convencidíssimo. — Vão matar e comer prisioneiros.

Calei-me e continuei a observar a cena. Os prisioneiros foram levados a um certo ponto da praia e pareceu-me que de fato iam matá-los. Mas houve discussão entre os guardas, que, depois de breve conferência, mudaram de ideia. Desataram as mãos dos presos e deixaram-nos soltos.

Em seguida todos os marinheiros se espalharam pela ilha, uns para cá, outros para lá. Somente os prisioneiros ficaram no mesmo ponto, sentados na areia, de cabeça entre as mãos. Pareciam mergulhados na mais profunda tristeza — tal qual eu vinte e tantos anos antes, quando o mar me lançou àquela mesma praia.

No bote haviam ficado de guarda dois homens, que, como o dia fosse dos mais quentes, logo ferraram no sono. Enquanto isso a maré começou a vazar e breve o bote ficou em seco. Nisto um dos dorminhocos despertou e, vendo as águas se afastarem, berrou pelos companheiros. Acudiram todos, vindos de várias direções, para ajudarem a meter o bote n'água enquanto era tempo. Senão ficaria muito longe da água e só com a maré seguinte poderia flutuar de novo.

Não o conseguiram, porque o bote pesava muito.

— Não há remédio agora — disse o chefe — senão esperar pela maré. E dispersaram-se pela ilha novamente.

Rasgo de ousadia

— Muito bem — pensei comigo —, a maré montante leva muitas horas para vir. Nesse intervalo terei tempo de sondar o que esta gente anda a fazer aqui.

Preparei as espingardas e o mais, e pus-me a esperar pela noite.

O dia estava sufocante. Os marinheiros deitaram-se à sombra das árvores para dormir. Ali pelas duas da tarde minha impaciência chegou ao auge.

— Sexta-Feira — disse eu —, vamos sair daqui e ver o que se faz.

Armei-me com quanta arma cabia em mim e lá me fui, seguido do índio. Descemos com todas as cautelas o morro do castelo, de rumo ao ponto onde se achavam os três prisioneiros. Não nos viram chegar, tão absorvidos estavam na sua desgraça. Plantei-me diante deles e disse:

— Quem são vocês?

Nunca vi maior surpresa estampada em faces humanas! Pularam de pé, sem nada responderem. Tinham perdido a voz, de susto. Vendo que me fugiriam dali, a correr, antes que a fala lhes voltasse, disse, em tom sereno:

— Não se assustem. Sou amigo. Venho trazer-lhes auxílio.

— Então — disse um deles — deve ter caído do céu, porque só do céu nos poderia vir socorro neste momento.

— Todo auxílio vem do céu — respondi e expliquei-lhes rapidamente a situação. — Sou inglês — expliquei — e estou pronto a auxiliar vocês. Tenho um servo índio, bem armado. Contem-me depressa o que há.

— Nosso caso — respondeu o principal dentre eles — é muito comprido para ser exposto neste momento em que temos o inimigo perto. Eu era o capitão do navio ancorado lá adiante. Três dias atrás a marujada se rebelou. Prenderam-me e tomaram conta do navio para o transformar em navio pirata. Por um triz não me mataram; em vez disso resolveram, hoje de manhã, abandonar-me nesta ilha deserta para que morra à míngua.

Estes dois homens que estão comigo foram condenados à mesma pena, visto que não querem rebelar-se. Um é o meu imediato, outro é um passageiro. Se formos deixados aqui, certo que havemos de perecer, pois que esta ilha me parece uma terra desolada.

— Mas onde estão os seus cruéis inimigos? — indaguei. — Sabe onde se meteram?

— Estão lá naquele bosque, dormindo à sombra —

respondeu, apontando para um grupo de árvores. — Se acordam e nos veem aqui, certo que nos matam a todos.

— Estão armados? — perguntei.

— Trouxeram só dois mosquetes, tendo um ficado no bote.

— Então confiem em mim — disse eu. — Se estiverem dormindo como parece, será fácil matar a todos antes que nos matem. Mas acho melhor, em vez disso, aprisioná-los.

O capitão explicou que entre os amotinados havia dois cabeças que eram umas pestes.

— Se for possível apanhar ou matar esses cabeças, os outros se submeterão, porque estou certo de que a maior parte se rebelou mais de medo desses cabeças do que por vontade própria.

Um dia inquieto

Enquanto falávamos, fomos saindo dali em direção dum grupo de árvores. O capitão declarou que se eu o pusesse outra vez no comando do navio, tudo quanto ele tinha ficava às minhas ordens. Ou que me levaria de novo à Inglaterra ou para onde eu quisesse.

— Muito bem — respondi —, se vocês seguirem meus planos, creio que o conseguirei.

Dei a cada um dos três homens uma espingarda, com ordem de só atirarem se fosse preciso, porque o melhor seria obrigá-los à rendição.

Nisto vimos que os rebeldes despertavam. Três deles espreguiçaram-se e, saindo do bosque, tomaram caminho da praia.

— São aqueles os cabeças? — perguntei ao capitão.

— Não.

— Muito bem. Nesse caso deixemo-los em paz. Mas, se o resto nos escapa, a culpa será só nossa. Por isso, muito cuidado.

Com a espingarda erguida numa das mãos e a pistola na outra, o capitão seguiu à frente. Eu, o índio e os outros dois o acompanhamos de perto. Íamos cautelosos, como gatos, mas mesmo assim alguém pisou num ramo seco, que estalou, e um dos rebeldes nos percebeu. Deu alarma, e todos se puseram de pé, em atitude de defesa. Mas era tarde. Nossas espingardas já estavam de pontaria feita.

Uma descarga. Os dois cabeças rolaram por terra, mortos, e outros caíram feridos. Conseguiram dar um tiro do nosso lado, mas sem efeito. Não tivemos nem arranhão. Vendo-se perdidos, os mais renderam-se.

Então, enquanto eu e o capitão amarrávamos os prisioneiros, Sexta-Feira e os outros correram ao bote e arrancaram a vela e esconderam os remos. Vendo isto, os três que andavam por lá também se entregaram e foram amarrados de pés e mãos, como o primeiro lote. A vitória tinha sido completa.

Levamos os prisioneiros para o castelo e os metemos na caverna, com o índio montando guarda. Podíamos agora conversar sossegados e formar planos para o futuro.

Contei toda a minha história ao capitão, que muito se admirou da sua estranheza. Em paga me contou ele a história da viagem que empreendera de Londres para as Índias Orientais e os incidentes todos da revolta, até que, milagrosamente, apareci diante de seus olhos espantados.

— Há ainda vinte e seis homens a bordo — disse por fim. — Com certeza estão neste momento admirados da demora do bote e virão saber o que houve.

— Que venham — disse eu. — Havemos de apanhá-los como apanhamos os primeiros.

Dali fomos ter ao bote, na praia. Achamos nele algumas garrafas de aguardente, biscoitos, pólvora e umas libras de açúcar. O açúcar causou-me agradável surpresa, visto como havia passado sem ele vinte e tantos anos. Tiramos do bote esses achados e arrombamo-lo pelo fundo, de modo que não pudesse flutuar.

Para dizer a verdade, eu tinha pouca esperança de recuperar o navio. aAinda assim, nesse caso, ganharíamos aquele bote, que, consertado, poderia levar-nos dali ao continente.

Uma hora antes do pôr do sol reboou a bordo um tiro.

— É o que eu disse — exclamou o capitão. — Estão a perguntar o que há.

Fizeram ainda sinais com bandeirolas no topo dos mastros. Por fim, não obtendo resposta, outro bote foi lançado ao mar.

Apanhei tudo, espiando pelo óculo. Vinham no bote dez homens, todos armados de mosquete. O sol batia-lhes na cara, de modo que o capitão pôde reconhecê-los um por um.

— Três dentre eles são homens que prestam, mas o resto é gente ruim — disse.

Por esse tempo já havíamos libertado dois dos prisioneiros nos quais o capitão depositava confiança. Tínhamos assim aumentado para sete o número de soldados do nosso batalhão.

Conservamo-nos ocultos perto do lugar onde o bote viria ter, aguardando os acontecimentos. Chegaram, saltaram em terra e, vendo o outro bote, foram examiná-lo. Quando perceberam que estava sem vela, sem leme e de fundo arrombado, ficaram sem saber o que pensar.

Gritaram pelos companheiros. Ninguém respondeu. Deram tiros. A única resposta foi o silêncio. Aquilo os amedrontou. Metendo-se no bote outra vez, tocaram para o navio.

Em meio caminho, porém, mudaram de ideia, depois de muita discussão. Acharam, talvez, que seria crueldade deixarem tantos companheiros numa ilha deserta ou, talvez, habitada por canibais. Voltaram.

Novos gritos, novos tiros, nova discussão. Por fim, como absolutamente não achassem nem restos dos companheiros vindos no primeiro bote, e como a noite começasse a cair, resolveram novamente regressar ao navio.

O governador da ilha

Tive medo de que me escapassem. Se tomassem o bote eram capazes de se irem para sempre. Resolvi enganá-los. Dei ordem a Sexta-Feira e ao imediato para correrem a um certo ponto e gritarem como quem vem vindo de longe.

Os homens já iam entrando no bote quando os gritos do índio e do imediato se fizeram ouvir. O resultado foi maravilhoso. Entrepararam, responderam aos gritos e foram correndo ao encontro das vozes.

Assim que se afastaram uma boa distância, avancei com os meus homens e tomei o bote de assalto, aprisionando três rebeldes que tinham ficado de guarda. E, como já estivesse muito escuro, resolvi esperar ali mesmo pela volta dos demais.

Nisto Sexta-Feira e o imediato apareceram e incorporaram-se ao nosso grupo.

Meia hora depois ouvimos vozes. Eram os rebeldes que vinham voltando, danados da vida. Um queixava-se de cansaço, jurando nunca mais pôr pé naquela ilha misteriosa. Outro dizia que o lugar era enfeitiçado e que as vozes que ouviram deviam ser de alguma bruxa ou outro duende qualquer.

Nosso grupo ganhara mais um. O capitão reconhecera entre os três recém-aprisionados no bote um tal John Fish, que lhe merecia confiança. Bandeou-o para o nosso lado, aumentando o grupo para oito.

Os rebeldes vieram vindo, vieram vindo. Assim que chegaram a ponto de fala, John Fish, de acordo com o que havia combinado com o capitão, adiantou-se ao encontro deles e gritou ao chefe do bando:

— Tom Smith, Tom Smith!

Tom Smith respondeu imediatamente, reconhecendo-lhe a voz:

— Que há, John?

— Largue as armas incontinenti e entregue-se com todos os mais, senão vai haver uma mortandade medonha.

Aquelas palavras causaram grande impressão no chefe da malta.

— Entregar-nos a quem? — disse ele. — Não entendo.

— Ao governador da ilha. Ele está aqui, à frente dum punhado de homens e com centenas de outros emboscados nas redondezas. Já matou os guardas do bote, com exceção de mim, e também já matou toda a tripulação do primeiro bote. Se vocês não se rendem já e já, não escapa um vivo.

— Se o governador nos dá quartel, sim, rendemo-nos — foi a resposta de Tom Smith.

Nesse momento o capitão do navio mostrou-se e disse:

— Está-me reconhecendo, Tom Smith? Se você larga as armas e rende-se, garanto a sua vida e a de todos os mais, menos a de Will Atkins. Este Will Atkins estava no grupo e, ao ouvir aquelas palavras, gritou:

— Pelo amor de Deus, capitão, perdoe-me. Que fiz pior que os outros?

Quem agarrara e amarrara o capitão fora ele.

— Você sabe, Will Atkins, você sabe muito bem o que fez, por isso nada posso prometer. Renda-se e confie na mercê do governador da ilha.

O tal governador era eu, Robinson Crusoé. Assim me chamaram e, porque assim me chamaram, governador fiquei sendo.

Não havendo outra saída, todos largaram as armas e renderam-se, implorando misericórdia. Mandei então que sete homens, dos "cinquenta" que estavam ali escondidos, escoltassem os prisioneiros até a gruta.

Por precaução, dividimo-los em dois lotes, metendo cada lote numa prisão. Will Atkins e outros de má cara foram para a gruta da floresta, onde ficaram no escuro, de mãos e pés amarrados. Não contentes com isso, ainda bloqueamos a entrada da gruta com uma enorme pedra.

Estavam todos amedrontadíssimos, certos de que a ilha pertencia à Inglaterra e que seu governador realmente possuía um exército. Em vista disso mostraram-se muito humildes e bem-comportados.

O capitão falou a cada grupo da seguinte maneira:

— Marinheiros, vocês sabem o grande crime que cometeram contra as leis de nosso país. Vocês estão agora em poder do governador da ilha, que vai enviar todos para a Inglaterra a fim de serem julgados, condenados e enforcados.

Aquelas palavras aterrorizaram ainda mais os prisioneiros, na maior parte jovens sem experiência da vida, que se tinham deixado levar por meia dúzia de bandidos de nascença. Começaram a chorar e a pedir misericórdia. O capitão prosseguiu:

— Marinheiros, vocês sabem que sempre fui bom e justo para com todos.

— É a pura verdade — disse Tom Smith.

— Misericórdia — gritaram os outros.

— Tenho grande pena de vocês — continuou o capitão; — por mim perdoaria a todos. Mas o navio ainda está nas mãos dos outros rebeldes. Digam-me lá: se eu conseguir do governador perdão para todos, ajudam-me vocês a recuperar o navio?

— Sim, sim! — gritaram. — Faremos tudo que o nosso capitão mandar e nos conservaremos fiéis até a morte, porque a ele ficaremos devendo a vida.

— Muito bem — concluiu o capitão. — Vou conversar com o governador sobre o caso e breve darei resposta.

Saiu dali e longamente discutiu comigo o assunto.

Assentamos um plano, que o capitão foi imediatamente propor aos prisioneiros.

Cinco dentre eles iriam com a gente do governador ajudar na reconquista do navio. O resto ficaria nas grutas, como reféns. Se os cinco se comportassem com honestidade, todos os mais seriam perdoados e soltos. Em caso contrário, todos iriam para a forca, ali mesmo. Fora essa a decisão do governador.

Aceita a proposta, o capitão escolheu os cinco homens que lhe mereciam mais confiança e, em companhia dos restantes, foi preparar o ataque ao navio. Eu e Sexta-Feira ficamos de guarda aos prisioneiros.

O rombo do primeiro bote foi rapidamente reparado. Quatro homens, comandados pelo passageiro, ocuparam-no. O capitão e mais cinco homens tomaram o segundo.

Partiram. Ao meio-dia alcançaram o navio. De nada suspeitando, os de bordo os receberam muito bem, deitando escadas de corda por onde pudessem subir.

Assim que reconheceram o capitão, ficaram tontos e ainda mais diante do ataque furioso dos recém-chegados. A luta pouco durou. O chefe da revolta, que estava a dormir quando o navio foi invadido, tentou resistir e feriu o imediato com um tiro. Uma bala do capitão, porém, o derrubou para sempre.

Foi o fim. Vendo-se sem o chefe, os mais se renderam e o capitão assumiu de novo o comando do navio.

Novas roupas

Na manhã seguinte dormi até tarde para reparar as forças e acalmar-me das fortes emoções da véspera. Fui despertado pelo estrondo dum tiro. Em seguida ouvi alguém chamando:

— Governador, governador!

Era a voz do capitão.

Pulei da rede, correndo ao seu encontro. O bom homem apertou-me a mão e apontou para o mar. Olhei. Perto da minha praia estava o navio. O capitão o trouxera para ali, ancorando-o na embocadura do rio.

— Meu caro amigo — disse ele — eis o vosso navio. É vosso para sempre, porque a vós devemos nossas vidas. Tudo que existe a bordo é vosso.

Minha emoção era grande. Nada pude responder.

Abracei-o, e assim ficamos uns instantes sem poder falar. Por fim um acesso de lágrimas me tomou e chorei como uma criança.

Logo que me acalmei o capitão disse que me havia trazido um presente — e gritou para os marinheiros:

— Tragam o presente do governador!

Os marinheiros acudiram, carregando uma arca de madeira. Depositaram-na aos meus pés. O capitão fez gesto de que a abrisse e me servisse.

Assim fiz. Encontrei lá duas libras de fumo, doze postas de carne de vaca, seis de carne de porco, um saco de ervilhas, uma caixa de açúcar, uma de farinha, um cesto de limões e duas garrafas de suco de laranja.

Mas no fundo é que estava a grande surpresa, sob forma de seis camisas novas, seis gravatas, dois pares de luvas, um par de sapatos, um par de meias, um chapéu e um lindo terno de roupa.

Podia vestir-me de gente, outra vez. Tratei disso — mas havia tantos anos que não usava aquelas coisas que me senti desajeitadíssimo.

Quando reapareci, vestido nos meus novos trajes, o pobre Sexta-Feira não me reconheceu. Eu também dificilmente me reconhecia. No dia seguinte tudo ficou pronto para a partida.

Os cabeças da revolta iam ser deixados na ilha, mas isto, em vez de castigo, lhes pareceu um presente do céu. Escapavam da forca e iam beneficiar-se com o que eu criara durante quase trinta anos de trabalho.

Deixei-lhes um barril de pólvora, três mosquetes e três espadas. Ensinei-lhes como deviam lidar com as cabras, como fazer manteiga e queijo. Mostrei-lhes os campos de cultura e o mais que existia no castelo, na gruta e no vale das laranjeiras.

— Tudo isso é de vocês, agora — disse.

— É muito mais do que eles merecem — resmungou o imediato, e tive de concordar que sim.

Fim

Assim, a 19 de dezembro de 1687, partimos para a Inglaterra, tendo eu estado na ilha vinte e oito anos, dois meses e dezenove dias.

Levei comigo as moedas de ouro e prata — tão inúteis para mim na ilha e tão valiosas logo que chegasse ao meu país. Também levei o gorro de pele de cabra e o famoso guarda-sol. E o papagaio também — um outro papagaio, pois o primeiro, Poll, havia morrido.

Quanto a Sexta-Feira, nada do mundo o faria separar-se de mim. Foi também.

Tivemos viagem demorada e difícil, mas a 19 de junho alcançamos Londres. Estava em casa! Estava finalmente na minha terra!

Corri a Iorque. Meus pais eram mortos, havia longo tempo. Os amigos da juventude já não se recordavam de mim. Achei-me só no mundo. Que iria fazer?

Por felicidade, minha fazenda no Brasil prosperara. O homem, que lá deixei tomando conta, tinha cultivado muito fumo e ganho muito dinheiro. Era um homem honesto. Assim que soube que eu estava vivo, escreveu-me comprida carta dando conta de tudo. Também me remeteu uma avultada soma de dinheiro, o que muito me contentou.

Estava rico, pois. Se quisesse passaria o resto dos meus anos na ociosidade. Mas a ociosidade me era odiosa. Pus-me a viajar, a ver mais mundo — e novas e extraordinárias aventuras sucederam. Essas, porém, não cabem num livro, que está no fim. Adeus.

Impressão e Acabamento
Gráfica Oceano